追梦阅读

名师导读

走向胜利

周洁夫 著

华中科技大学出版社
http://www.hustp.com
中国·武汉

图书在版编目(CIP)数据

名师导读.走向胜利/周洁夫著.—武汉:华中科技大学出版社,2019.9
(追梦阅读)
ISBN 978-7-5680-5478-2

Ⅰ.①名… Ⅱ.①周… Ⅲ.①长篇小说-中国-当代 Ⅳ.①I217.2
②I247.5

中国版本图书馆 CIP 数据核字(2019)第 169104 号

名师导读:走向胜利
Mingshi Daodu: Zou Xiang Shengli

周洁夫 著

策划编辑:阮 珍 田金麟
责任编辑:肖诗言
封面设计:孙 黎
责任校对:刘 竣
责任监印:朱 玢
出版发行:华中科技大学出版社(中国·武汉) 电话:(027)81321913
武汉市东湖新技术开发区华工科技园 邮编:430223
录 排:华中科技大学惠友文印中心
印 刷:武汉华工鑫宏印务有限公司
开 本:710mm×1000mm 1/16
印 张:16
字 数:191 千字
版 次:2019 年 9 月第 1 版第 1 次印刷
定 价:36.80 元

出版说明

本套"追梦阅读"丛书共收录了24部作品，分为3个主题——榜样力量、红色经典、岁月成长，以"名师导读"为丛书特色，由华中科技大学出版社出版。

此次出版只在处理文字讹误等方面做了必要工作，以尽量保持经典作品的语言风貌及其所处的时代特征。如有疏漏，望读者指正。

"追梦阅读"丛书编委会

2019年8月

总序

如果有一种信仰要让全世界共同坚守，那只有阅读。如果读书成为我们的信仰，我们就可以少一份轻浮、空虚，就可以始终保持一种超现实的心态，保持一种向理想进发的热情。

为什么全国上下掀起了一个读书热潮？那是因为读书能帮助我们明确人生方向，开拓我们的视野，陶冶我们的性情。我们能从经典里认识到一个新的自我，在成长的岁月里有一个学习的榜样，在书中探索到生活真正的意义，知道我是谁，从哪里来，要到哪里去，从而找到通往精神家园的路径。

读书是一个庄严的仪式，阅读是一个“追梦”的历程。这套丛书带领我们走进“红色经典”，在“岁月成长”中找到“榜样力量”，享受一次精神旅行。“导读”帮助读者了解作者、写作意图和写作背景，同时也帮助读者了解一本书的内容及其影响，领会今天的社会价值观念的核心。

无论是可歌可泣的《长征的故事》，还是《荷花淀》《铁道游击队》《两个小八路》《小英雄雨来》的抗日事迹，乃至抗美援朝战争，都揭示了一个真谛：人类的精神一旦被唤醒，其威力将无穷无尽。没有苦菜花开的艰难岁月，没有志士仁人的流血牺牲，就不能走向胜利，就没有锦绣山河、可爱的中国的诞生。有多少英雄从《童年》出发去探寻人生之路，《闪闪的红星》曾照耀着整整一代人去寻找光明。翻开《红色家书》看看吧，每一页都记录着革命先烈的远大理想、浩然之气。从李四光、竺可桢、陈景润到钱三强、钱学森，爱国、奉献、拼搏、创新的精神在科学家们身上体现。从吴孟超身上我们看到的是一个大写的爱，从赵君陶身上我们知道严师慈母的仁，从焦裕禄身上我们明白什么叫立党为民。我们为什么要"向雷锋学习"？读读《雷锋日记》，我们要学习的是为人民服务、无私奉献和钉子精神。每一个人心中都有一个英雄偶像，幸福的花为勇士而开，赞赏坚毅的牛虻的奥斯特洛夫斯基告诉我们钢铁是怎样炼成的。

我们希望在"经典"阅读中吸取精神营养，在"成长"的过程中沿着正确的方向追寻自我，对照"榜样"的故事明确使命和担当，在新长征路上不忘初心，"追梦"不止，走向远方，创造诗意人生。

刘玉堂

湖北省社会科学院原副院长

华中师范大学特聘教授、博士生导师

传承革命先辈的精神，不断走向胜利

关于阅读，著名作家冰心曾经这样说："读书好，多读书，读好书。"冰心老人为什么如此强调多读书且读好书呢？当代著名学者季羡林先生说："如果读书也能算是一个嗜好的话，我的唯一嗜好就是读书。"人必须读书，才能继承和发扬前人的智慧。人类之所以能进步，靠的就是能读书又写书的本领。当代学者余秋雨先生说："阅读的最大理由是想摆脱平庸。""早一天，就多一分人生的精彩，迟一天，就多一天平庸的困扰。"当代学者钱理群先生也说："读书，为了健康、快乐、有意义地活着。"俄国著名诗人普希金说："人的影响短暂而微弱，书的影响则广泛而深远。"苏联作家高尔基说："书籍是人类进步的阶梯。"苏联作家奥斯特洛夫斯基说："光阴给我们经验，读书给我们知识。"类似的说法非常多，举不胜举。

书籍作为知识的一种载体，与我们息息相关，它带给我们知识、快乐、希望、光明，它帮助我们克服困难、驱走黑暗、克服贪婪、摆脱愚昧。一本好书就是一个好的人生导师，能陪伴和引领我们的一生，所以我们经常充满感情地称呼书籍为"良师益友"。

在众多的书籍里，有一类书籍主题鲜明、导向正确，直接影响了一代或几代人价值观的形成、影响他们人生道路的选择、影响他们的工作与生活态度，可以说是伴随他们成长的一种精神力量。这些读物我们习惯上称之为红色经典书籍。周洁夫的《走向胜利》就是我们要推介的红色经典书籍。

周洁夫(1917—1966)，当代作家，浙江镇海人。1938年参加八路军奔赴延安，此后历任《自卫报》记者、编辑、副社长，《解放军文艺》副主编，广州军区文化部副部长。曾获三级独立自由勋章、三级解放勋章。周洁夫著有小说《走向胜利》、《祖国屏障》、《十月的阳光》及长诗《开垦》，他创作的报告文学《枪声就是命令》曾获《解放军文艺》优秀创作奖。

从内容上看，《走向胜利》是一部典型的军旅文学作品。该书作者周洁夫早年加入军营，历经抗日战争、解放战争的洗礼，对于军旅生活有着切身的体会。所以，作为一个从战火中走过来的军旅作家，周洁夫写作自己熟悉的战争文学作品，一定是充满感情，而且是得心应手，非常自如的。

军旅文学以战争和军旅人生为主要题材，以全局或局部战争为背景，大都呈现出雄浑广阔、磅礴大气、深沉激越、金戈铁马的文学艺术特征，洋溢着满满的爱国主义、英雄主义的民族精神与气息，读毕每每让人意气张扬、热血贲张，如杜鹏程的《保卫延安》、曲波的《林海雪原》、吴强的《红日》、刘流的《烈火金钢》、冯德英的《苦菜花》、李英儒的《野火春风斗古城》、李存葆的《高山下的花环》、朱苏进的《射天狼》、柳建伟的《突出重围》、项小米的《英雄无语》、石钟山的《激情燃烧的岁月》、都梁的《亮剑》等，都是这一类的作品。当我们读完《走向胜利》后，同样的感受油然而生，这可能就是军旅文学独有的艺术魅力吧。

《走向胜利》再现了一段光荣历史。这部书虽说是一部小说体裁的文学作品，但它同时还是一部忠实于历史的纪实性文学作品。《走向胜利》的时间背景就是第三次国内革命战争时期，即解放战争时期；《走向胜利》的地域背景是白山黑水之间的东北地区；《走向胜利》创作所依据的历史史实是在解放战争东北战场发生的“三下江南”“四保临江”战役。这里所说的“江”，就是流经黑龙江、吉林两省的松花江，“江南”是指松花江以南；而“临江”则位于吉林省东南边境，是东北民主联军在南满的重要根据地。1946年12月至1947年4月，人民解放军东北民主联军为保卫南满根据地，在临江、通化地区和松花江以南长春、吉林以北地区对国民党军队进行了防御和进攻相结合的作战，重要战事就包括当时驻扎在黑龙江境内的我东北民主联军三次跨越松花江去吉林作战。

1946年底至1947年初，我中国人民解放军东北部队与国民党杜聿明部在东北松花江两岸展开了拉锯与对峙。杜聿明准备实施“南攻北守、先南后北”的战略计划，频繁调集新一军、新六军等所谓“王牌军”，准备向临江地区发动大规模进攻，企图一举消灭或驱逐东北民主联军南满部队，将南满地区一口吞下；同时调遣兵力扼守长春、吉林以北、松花江以南各要点，阻止东北民主联军北满部队过江南援。

面对敌军的部署，我军的对策是：采取南打北拉、北打南拉的战略，南满和北满部队紧密配合，集中优势兵力主动打击敌人，迫使国民党军两面作战，破坏其“先南后北、各个击破”的企图。这样一来，敌人想南攻北守，咱们就要让他们攻也攻不成，守也守不了。

于是，我驻扎北满的部队跨过松花江，向南进军，支援南满兄弟部队。我军通过急行军、增援、伏击等多种机动灵活的方式，钳制敌人，伺机消灭敌人有生力量，再根据战局发展情况撤回江北。如此反复，部队数次穿插在长春与吉林之间，不断牵动杜聿明部队，让其疲于奔命，穷于应付，同时消耗了大量兵力。

北满部队的行动沉重打击了来犯之敌，同时有力配合了南满兄弟部队的军事行动。1947年冬，东北人民解放军根据战局变化，发动冬季攻势，歼灭敌人大量兵力，攻克四平等重要城市，南北满解放区连成一片，东北民主联军则反客为主，为由战略防御转入战略反攻创造了有利条件，随后相继发动东北夏季攻势、秋季攻势、冬季攻势、辽沈战役等一系列伟大战役，由此开创了东北解放的大好局面。

《走向胜利》谱写了一曲英雄赞歌。解放战争东北战场战线长、时间久、双方投入兵力巨大。但《走向胜利》没有将笔触刻意放到宏大、壮阔的战争大场景的描写上，而是通过我军某师某团二连参加“三下江南”战斗过程的再现，通过新兵战士方志坚从翻身农民到新兵、再到一名勇敢战士成长历程的再现，以小见大，塑造了一个为民族独立、人民解放、国家富强而奋不顾身、浴血奋战的英雄群体。他们是：师长李传纬、团长王树功、团政委何建芳、二连连长路有德、二连指导员戈华、排长洪永奎（后为代理连长、连长）、班长李进山、士兵杨占武、士兵俞国才、士兵张光宇、通信员苗得雨、新兵方志坚、新兵方世兴及方志坚的父亲方永春，等等。他们当中有参加过红军万里长征的高级指挥员、有身经百战的战斗英雄、有刚刚参加革命队伍的翻身农民、甚至有胆小怕事的新兵……他们年龄不同，性格各异，特别是每个人的成长经历大不相同，但他们都有一个共同的目标：为了新中国的解放事业，冲锋陷阵，无所畏惧，用血肉之躯筑起了一道坚不可摧的长城。

当我们看完《走向胜利》这本书，相信大部分读者都有这样的感受：《走向胜利》中的人物形象并非高高在上、遥不可及，反而让人觉得他们特别可亲可信。这是因为作者并没有刻意将他们塑造为“高大全”的脸谱式人物，在作者笔下，他们对战略部署有不解（如路有德、洪永奎）、对战友有看法（如方志坚）、甚至在战场上出现微妙的心理波动（如方世兴）……正是这些有血有肉、栩栩如生的描写，让《走向胜利》更为可信、更有可读性。

这里，我们不妨重温一下中国人民解放军军史。在解放战争东北战场，经过两年多的激烈战事，如四战四平、新开岭战役、四保临江，到1947年底，东北民主联军在东北地区已经拥有了绝对的优势，敌人只能依托沈阳、长春、锦州等大型城市做战略守势。在这样的情况下，为了扩大胜利成果并适时发起解放东北全境的战略大决战，1948年1月东北民主联军正式改编为东北野战军。到了1948年年底辽沈战役胜利结束之后，东北野战军的总兵力已经达到了100万之众，成为我军最为雄壮的军事力量。

所以，在1947年12月，毛泽东同志发表《目前形势和我们的任务》报告指出：中国人民的革命战争，现在已经达到了一个转折点。这即是中国人民解放军已经打退了美国走狗蒋介石的数百万反动军队的进攻，并使自己转入了进攻。在报告中毛泽东接着指出：这是一个历史的转折点。这是蒋介石的二十年反革命统治由发展到消灭的转折点。这是一百多年以来帝国主义在中国的统治由发展到消灭的转折点。这是一个伟大的事变。这个事变所以带着伟大性，是因为这个事变发生在一个拥有四亿七千五百万人口的国家内，这个事变一经发生，它就将必然地走向全国的胜利。

以上就是周洁夫《走向胜利》所描写的那场战事的时代背景、曲折历程及伟大战果。本书虽然文字不长，但其中蕴含的爱国主义、英雄主义的色彩却是那么鲜艳夺目、那么真实可信。

历史的车轮走过了70多年，黑土地上的枪声早已远去，松花江畔的硝烟不见踪影。1949年10月1日，毛泽东同志在天安门城楼上向全世界庄严宣告中华人民共和国成立。新中国的成立，标志着中华民族的浴火重生，开启了实现国家富强、民族振兴、人民幸福的伟大新征程。70年来，中国人民在中国共产党的正确领导下在各个领域都取得了举世瞩目的建设成就，我们每个人都快乐、幸福地生活在祖国大怀抱中。吃水不忘挖井人，我们在享受快乐、收获喜悦的同时，更应该铭记逝去的峥嵘岁月，更应该缅怀那些为民族独立、人民解放抛头颅洒热血的先驱。通过阅读诸如《走向胜利》这样的红色经典读物，重温我党我军光荣伟大的奋斗历史，一定会让我们铭记、感怀，并将红色精神、奋斗精神一直传承下去，进而激励我们投身社会主义建设的伟大实践中。

重温红色经典，传承革命精神。弘扬爱国主义，放飞人生理想。2019年5月，中共中央办公厅、国务院办公厅印发了《关于隆重庆祝中华人民共和国成立70周年广泛组织开展"我和我的祖国"群众性主题宣传教育活动的通知》，提出要广泛开展各类群众性主题宣传教育活动，包括学习体验活动、主题宣讲活动、共和国故事汇活动、缅怀革命先烈活动等，其中就包括开展红色经典读物阅读，讴歌英雄事迹，体验革命情怀，弘扬革命精神，传承红色基因。

逝去的只是岁月，革命精神是永恒的。你想了解发生在白山黑水的那段光辉历史吗？你想红色基因在实现伟大中国梦的过程中代代相传吗？你想从革命经典作品中汲取红色力量吗？那么，不妨从阅读《走向胜利》开始。

张硕

目　录

一

早晨七点钟,一列火车慢吞吞地驶进了哈尔滨车站。汽笛尖叫了一声,二十来节车厢抖动一下,往前靠了靠,停在冷落的站台旁边。从四五十个门里,同时涌出一群群旅客和一股股热气,站台上顿时暖和多了。嘴里呵出的白气汇成云朵,在人群中飞升起来。

一节关得紧紧的闷罐车厢拖在火车末尾。待客车里的人都走空了,那节车厢的铁门才哗啦打开,呼啦啦跳下一群青年军人,你推我挤地拥到站台上,站成个歪斜的二路横队。他们穿着崭新的棉军装,戴着各色的皮帽子,穿着靰鞡[①],斜挎着一式的新挂包,只是肩上缺少一件要紧的东西——枪。

最后下车的是个高个子,唯独他的肩上背着一支三八步枪。那人高颧骨,高鼻梁,戴一顶蓬蓬松松的白兔皮帽,没有放下帽耳,因此身材显得更高。宽大的脸上围了半圈乱蓬蓬的络腮胡,差一点跟帽檐上的兔毛连接起来。他稳步走到队列跟前,用宽亮的嗓门喊了声"立正",船一样的靰鞡先后收了进去,并在一起。高个子迅速扫了一眼,发现多数人过分紧张,不是胸脯过挺,就是

① 靰鞡是一种东北人冬天穿的鞋子,内部填充靰鞡草。

头抬得太高，队列变成一条曲线。他锁起浓眉喊了声“报数”，却省了个“向右看齐”的口令。他认为这个口令是多余的。

尖细、洪亮、低沉、粗哑的声音接二连三地爆响，一顶黑狗皮帽子往左甩了甩，抛出个数字，下手的淡黄脸汉子没有张口，声音中断了，队列中有人发出笑声。戴黑狗皮帽子的细长个子急了，尖声重复了一遍，同时抬起胳膊撞了撞紧邻，淡黄脸汉子才用受惊的声音叫出：“十七！”在继续报数声中，后排一径发出吃吃笑声。

最后一伍报完数，后排末尾有个沙喉咙叫：

“老洪！后排少一名。”

有人咕噜了两句：

“还叫老洪哩！你没有穿上军装？”

高个子好像什么都没听到。拉住枪皮带向前走一步说：

“同志们！不累吧？”

“累倒不累。坐了三天火车，两条腿都快坐断了。”这话又引起一阵吃吃笑声。

“不累咱们就赶路。走一走，腿就活了。”

淡黄脸汉子听说要走，急忙往前跨了一步，搓着骨节粗大的手说：“老洪，我有个亲戚在街上，想去看看……”

“算啦算啦，谁都有一亲半故，咱们不是看亲戚来的。”后排有人嚷起来，打断他的话。

戴黑狗皮帽子的细长个子一伸手，把他拉回原位：

“到了部队捎信吧。”

高个子走到淡黄脸汉子跟前，拍一拍他的肩膀：

“方世兴，到了部队我给你写信。说你参加了人民解放军，叫你的老丈人写慰劳信来，好不好？”见方世兴垂下眼眉不答话，便放大声音：“还是赶路要紧，对不对，同志们？”

“对！对！”

“走！赶路要紧!”

“早到早打枪!”

队列里轰轰一片喊叫声。虽是零乱,却蛮有精神。高个子笑了笑说:

“可得走整齐呵,别让城里人笑话。”说罢抵住枪皮带,甩开一只空着的长胳膊,带头走了。

这列穿着新军装的队伍走出火车站,穿过结了薄冰的柏油马路,向南走去。本来他们还可以换车,再坐几站火车。可是近来军运繁忙,火车不准什么时候有,说不定还不如走路快。再则高个子老洪有个打算:该让同志们练练腿劲儿,增加一笔当革命军人的资本。

哈尔滨的早晨不但冷,而且冷清清,离火车站越远人越稀,走好久才能遇见一辆敞篷马车,或是一两个行人。这也难怪,杜聿明天天吹嘘要进攻哈尔滨,特务乘机捣乱,经常在清早黑夜打黑枪,市民们没事很少出门。刚一开头,这群青年军人还记得老洪在临出车站前吩咐过的话,规规矩矩地成两行行走,不敢乱了队形,让城里人笑话。现在见道上人稀,队伍里就起了悄声低语。方世兴抢前两步,半仰起头,打问戴黑狗皮帽子的细长个子:

“志坚,到前方得走多少天?”

“听洪同志说,慢则十天,快则八天。我只盼明天就到,”方志坚边走边说,“人长双飞毛腿多好!”

方世兴叹口气说:

“火车能直通前方就好了。往后回家也方便。”

方志坚飞快地用尖利的眼光瞟了瞟他淡黄色的脸:

“哼,没到前方就想开回家的事了。瞅人家洪同志。从关里打到关外，打了日本打‘遭殃’[①]，一口气也不歇。为咱们闹翻身，一个人背着杆大枪，翻沟越岭，这屯转那屯，熬夜熬得眼红脸青，忙了三个多月，哪天听他讲过挂家的话？”

方世兴又叹了口气说：

“老洪是千锤百炼一炉钢，咱怎能和他相比。”

“你不会学他？”方志坚有点不耐烦，说话时解开下巴下面的帽耳结子，卷起帽耳，露出年轻的五官均匀的全脸。

方世兴没答说，低下眼睛。

他俩是远房的叔伯兄弟。方志坚今年整二十，原先是屯里自卫队分队长，喜欢唱乐笑闹，屯里的年轻小伙子都乐意跟他玩。方世兴就不然。自卫队员们常跟方志坚开玩笑说：“往后别叫他二哥，干脆叫他二叔得啦！”从这句话里就可以看出方世兴的性情来了。不过方世兴也有一般年轻人没有的长处，比方他的衣兜里不但装着足够的卷烟纸，还装着足够一天吃的干粮。他的背包也比别人大，光靰鞡草就装了四五斤。

“刚才亏你好意思在大伙面前提出来去看亲戚。人家说起来咱俩总是叔伯兄弟，把我的脸也丢了。”

方世兴没有答话，掏出一叠裁得很整齐的卷烟纸，拣了一张，从油腻腻的烟荷包里倒了些烟末子，往地上一蹲，卷起烟来。方志坚没有停步，在队伍最前面晃动的黑枪管吸引着他。屯里成立自卫队以前，他就摆弄过老洪的步枪。

他盯住那管熟悉的黑枪口，走着走着，两旁的洋楼消失了，出现密排的树行，城市给丢在后面。在光秃秃的树行后面，摊开收割过的田地，一股土地的气息钻进鼻孔，脑子里自然而然地涌起个活蹦鲜跳的场景。刚分到活阎王白增福家两垧好地的晚上，娘

① “遭殃军”是东北人民对蒋军的称呼。

和弟弟盖着满是樟脑味的新被子睡下了。爹坐在炕上一股劲儿抽旱烟，两眼死盯着窗户，一会儿点头，一会儿微笑，一会儿又抽口气说："三十年，啊，三十年，汗珠子积起来能装满一塘子呵！"坐到灯油快尽，猛一把抓住他的手说："走！咱们再去看看！"爹的手火烫滚热。走到自己的地头上，沿着地边绕了个圈，爹掏起一把土闻了闻，送到他的鼻子跟前："多香啊！"他真的闻到一股浓烈烈的香味。

这股香味现在又冲进他的鼻子。他望着展平的田地，好像遇见了一个知心好友。待他把眼光重新转到黑枪管上，它变得晶亮耀眼，更加喜人了。喔，原来太阳已经爬过树顶，把阳光射在枪管上了。

后边，有个愉快的声音唱开了歌子：

> 骑上大马挎起枪，
> 青年好汉上战场，

唱到这里，有几个声音加进来。原先那个沙喉咙把声音提得更高，听起来使人担心它会破裂。

> 父老的话儿记心上，
> 打垮反动派保家乡。

这个歌子是洪同志教的。屯里的青年和儿童们都会唱。方志坚喜欢这支歌，不过讲不出道理，兴许是因为它很实在。反动派仗着美国的势力，总在吵叫着要打过松花江。你不去消灭它，它就会打过来。那时家保不住，身也翻不稳，自己就是抱着这份心思参军的。临离家时，爹对他说："孩子，别丢方家的脸，早日打垮反动派，早日享太平。”这支歌不是很实在吗！

这群青年军人一唱开头就很难收尾。他们唱了一个又一个，把肚子里的新歌子都倒完了，才用一阵咳嗽来结束。歌一唱完，劲儿也松下来了，有的卷烟抽，有的扯谈，队伍分成了好几截子。

一个金顶子屯的小伙子，在火车上跟方志坚搞熟的，此刻正走在他的旁边，悄声地问他：

“真跟敌人打起来，你怕不怕？”

方志坚把嘴努成个圆形，指着那顶摇晃的白兔皮帽说：

“他能，咱也能。反动派也是一个鼻子两只眼，头顶上没多长一只手，怕什么！”

“你猜猜我看？”

“怕！”

“怕？”那个小伙子把眼睛睁得溜圆，“我怕打不上敌人呢！在后方打‘中央胡子’①真不过瘾。”

“喔哟！你比老洪还厉害。”方志坚大笑起来。

走在最前面的洪永奎排长跨着大步，脑子里片刻也安静不下，不管是想到过去或是将来，他觉得责任越来越重地压在自己的头上。

当蒋介石撕毁停战协定，全面地发动内战以后，中国共产党东北局决定派两万五千名干部下乡发动群众，他也在被调之列。他虽然本心不愿意离开部队，迨一听说这是目前党的迫切任务，就二话不说，带上大枪，参加了土地改革工作队。一下乡，就跟农民们一块下地锄庄稼，跟贫雇农打成火热一片。经过工作队的宣传教育，锁住庄稼人脑门的铁锁，一把一把地给打开了。金顶子，银顶子，方家窝棚……的贫雇农烧起了千丈火焰，一个个挺起腰板，

① “中央胡子”是东北人民对接受蒋军委任的土匪的称呼，有时也用来称呼蒋军。

联合起中农，斗争了世世代代骑在他们脖子上的地主恶霸，搬回一袋袋快发霉的粮食，要回了自己长年流过血汗的土地。他看到农民的胜利，满心欢喜，好像在战场上打了胜仗一样。正当他的感情跟农民们的感情融在一炉，差不多忘记部队的时候，县的党委会转来了调他回部队的命令。他回到县上，县党委书记要他把一批新参军的战士带到前方。他们都是翻身农民，有一部分原来就认识。他们穿上军衣，成了部队的有生力量，跟自己的关系更亲了一层。可是他们过得惯军队生活吗？瞧他们眼前的模样，站队站不好，随便嬉笑哈哈，游击习气！不对，谈不上游击习气，干脆都是农民习气！应该提高他们，在路上先打个底子。

他回望了一眼，人们三三两两地纠在一起，摩肩擦背，笑谈打闹。方世兴掉在后面两丈远，正在往嘴里塞东西，看起来简直不像个队伍。不行，得让他们锻炼锻炼，他扬起长胳膊，喊出口令：

"一，二，一！一，二，三——四！"

方世兴把吃剩的馍馍塞进口袋，跑步赶上队伍。原来是成单行走、三四个人成一行走的，有的退后，有的向前，成了双行。在应和口令的齐声高喊中脚步整齐起来了。

洪永奎听着整齐的脚步声，满心舒服。他转过身来，举起长胳膊使劲儿往下一劈：

"骑上大马挎起枪，——唱！"

骑上大马挎起枪，
青年好汉上战场……

雄壮的歌声合着脚步在田野上震荡开了。洪永奎被心爱的旋律所激动，愉快地加入了由自己开始的合唱。

二

洪永奎排长把这批新战士带到部队。他自己被调到师的战术轮训班去学习。新战士三个一堆，五个一群地分散到各个连队。

方家窝棚来的两个翻身农民，被分配到第二连。方世兴分到五班，方志坚分到二班。

方志坚是被二班长李进山接到班上去的。李进山一边问他的出身履历，一边打量他的浑身上下，弄得他不好意思，只得低下头答话，斜眼回看班长。班长的年岁不比他大多少，蚕眉大眼，瘦精精的脸盘中间安一管鹰爪鼻，浑厚中带着英气。皮带和绑腿都扎得紧绷绷的，脚下蹬一双新靰鞡，走起来一溜一滑，不大习惯，不像关外人。讲话的腔调有些像老洪，兴许也是山东人，可是他不敢动问。到了新地方，有点拘束。

一路上见屯道上散着干硬的羊屎，草房像一盘散乱的棋子，东蹲一间，西蹲一间，地头上插着新的木橛子，一看就明白：这地方刚分过土地。他们走到一个丁字路口，路口竖着秃了的独立杨树，树底下有个结了冰溜的井台，在那里拐了弯，走向一间低矮的茅草房。离门还有两丈远，李进山就敞开嗓门高喊：

“新同志来了！”

草房里奔出一伙人，方志坚还没辨清他们的眉目，那伙人就你拉我扯地把他拥进房里。进了里屋，又不容他细看，几只热乎乎的手按着肩膀，把他按在炕沿上。刚坐定，一碗热腾腾的开水就端到跟前。燃着草灰的石盆也搬了家，从炕梢搬到他的身边。这些动作来得好快，想拦拦不住，想辞辞不了，他只好一一接受了。那伙人手快嘴也快，七嘴八舌地爆出一连串问话。李进山摆着手说：

“别忙。先认识认识。”

嘈杂的声音静下来。班长先把新战士介绍给老战士，后指着老战士提名道姓，一一介绍。不知道是慌乱还是兴奋的缘故，方志坚连一个名字都没记下。他只记得有个瘦伶仃的小个子，班长夸他是“神枪手”。待介绍完毕，他又冲着“神枪手”细瞅，见那人圆脸圆鼻子，两条细眉毛合起来也是圆的，眉毛下一对猫眼睛乌溜晶亮，挺秀气，看去不满二十。

“都上炕！都上炕！”李进山一招手，首先登上炕头，别的人跟着上炕，围成个半圆圈。刚坐定，各种各样的问话又像刨花似的飞出来。有的问后方怎样闹清算斗争；有的问他家里分了多少地；年轻的“神枪手”问他短缺什么东西。李进山趁机插话：

“还用你问，眼一瞅就明白了。杨占武，你有什么余富的东西？”说罢跨到炕梢，打开个白包袱皮埋头挑拣。

“神枪手”杨占武一脚跨过两个人，抢到炕头，打开一个包袱。别的人也一哄散开，掏摸各自的背包和挂包。方志坚正摸不着头脑，见班长递过来一件白布衬衣。那一边，杨占武塞过来一条叠得方方正正的灰军裤，别的人也都拿着毛巾、肥皂、单军衣，乱纷纷地放在他的腿上。方志坚像马驹子似的蹦起来，把肥皂、手巾撒了半炕。他涨红着脸，连连摇手说：

“那哪能！那哪能！”

背后，侧面，立地伸过几只手，把他按在原位上。李进山挪近一点，按住他的膝盖说：

“你缺东西用，我们有多的，你就得收下。往后你有啥多的，我也不客气问你要。”

杨占武闪着猫眼睛说：

“我刚来的时候，班上同志也是这么待我的。你不收，就不像自家人了。”

方志坚猛一阵心酸，眼眶子里浮上眼泪。怕同志们看见，赶紧抬起头，望着屋梁。那挂在屋梁上的金黄的苞米串分不清是十串还是八串，合在一块，直在眼前打转。他想说几句道谢的话，可是话哽在喉咙里说不出来。

有人敲着窗户，传来嫩声稚气的尖叫：

“二班长！上连部领枪！去迟了可只有老套筒了。”

“小苗，有些什么枪？”杨占武的问题没有捞到回答。窗外那个影子早不见了。

李进山刚拉下一条腿，杨占武早像燕子似的飞下炕，闪出房门。方志坚一伸腿也要下炕，李进山一把拦住他说：

“放心。小杨的眼睛尖，准会给你挑支好枪。”

这里刚把衣服、毛巾收拾好，为新同志在炕头上腾出个铺位。那边杨占武背着支大枪，腰间挂了一大堆东西，碰得叮叮当当响，进门就嚷：

“新式武器来了！”

方志坚奔过去夺过大枪。杨占武指指点点地解释：

“这是七九式，枪是好枪，就一个缺点：年岁老了一点。”

方志坚顾不上接别的武器，就地摆弄起大枪，拉枪栓拉得太猛，让枪托打了一下膝盖。李进山在炕上笑呵呵地说：

“慢慢来。往后叫小杨教你。他能百步穿杨哩。”

“别听班长说的。”杨占武脸冲着方志坚说，“说实话，距离一百米打穿敌人胸膛，十有九差不离。打穿杨树叶子可没把握。”

方志坚有个脾性，凡是对劲儿的人，恨不得一下把心掏给他。跟杨占武虽说是乍见面，但见他那股热心劲儿，立刻对他产生了好感。

杨占武从身上解下别的武器和弹药，一件件地点交。方志坚把刺刀、子弹带、手榴弹袋挎在腰上，整了整军衣的下摆，乐滋滋地笑起来。现在全身披挂，啥也不缺，正正当当地成了人民解放军的战士了。他还不肯就此罢休，拔出颗手榴弹，抓住木柄，转来转去转了一阵，不知该怎么使唤。李进山指着个人说：

“回头让俞国才当教员。他是一等投弹手，撇得又远又准。咱们二班有的是人才。”最后这句话引起一阵哄笑。

俞国才一径坐在炕角落里，没说什么话。这人约莫三十挂零，腰围老粗，棉衣才遮住小肚，站起来一定比老洪还高。看长相，简直能把牛角拔起来。他正在抽烟，卷的烟也比平常人抽的粗一倍。见新同志瞅他，他露出阔大的门牙笑了笑，没有说话。

杨占武站在炕底下，指着李进山说：

“咱们班长能文能武，是个全才！”

李进山扬起手猛一弯腰，杨占武一挫身，像鲇鱼似的溜走。李进山扑了个空，差一点栽下炕来，又引起一阵哄笑。

方志坚的拘束劲儿一分也没有了，心里一乐，禁不住随着笑起来，笑得眯起眼睛，细长的身子在地上一摇一晃，好像在自卫队里跟大伙逗乐。他已经把这间茅屋当成自己的家，他觉得同志们个个都对劲儿。

辨不清在什么方向响起了号声，俞国才和杨占武一块跑出去。一会儿端进两只热气腾腾的大盆子，一个盆子盛的馍，一个盆子盛的猪肉白菜。吃饭时，一块块肥肉往新战士的碗里夹。方志坚吃了个九分饱。

刚放下饭碗，杨占武把他一把拉走。两个人来到井台旁边，靠着秃杨树并排坐下。杨占武话不绝口，把连上的情况告诉他。方志坚觉着桩桩件件都新鲜有趣。余外还知道杨占武跟他同岁，从小跟着父亲打猎，打枪的本领在家时就学得差不多了。方志坚本来也想把自己的情况告诉他，总是捞不到机会。谈了好久才手牵着手回来。班长告诉他说：把他编到俞国才的战斗小组里了。

跟俞国才的谈话可没有那么热烈。俞国才说话时没一次超过五句话，讲了几句就没有了，笑笑，又讲另外一个题目，讲几句又没有了，又笑笑。最长的一次也只是："咱们的连长指导员是好人，班长也是好人。他们打死过不少日本鬼子，可从没有重说过同志们一句。都是好人呐！"但这几句简单的话却使方志坚立刻肯定：对这样的人，可以把心托付给他。

晚上，一班人暖烘烘地挤在炕上。方志坚把白天的事情回想了好几遍，才蒙蒙眬眬睡过去。

他被号音惊醒时，窗外还是漆黑一片，队伍比庄稼人还勤哪！那号音忽高忽低，在远处叫吼。他喜爱那种嘹亮的声音，听了觉得心地明朗，想跑到野地上去使出浑身力量。他再也不想合眼。过了一会儿，窗跟前也猛地腾起嘹亮动听的号音，炕上的人好像一起醒来，一起竖起身子。

方志坚跳下炕，背起大枪，带上全副武装，跟大伙一块冲到冷空气中。他紧跟在俞国才背后跑步，一步也没落下。

就从这一天起，像溪水流进大河，方志坚跟全班一块出操，一块上课，过起主力部队的正规军事生活。他简直一天到晚手不离枪，游戏时间也出小操，憋着一股劲儿，不愿落后。

方志坚虽说爱笑爱闹，可也爱看爱想，对啥都爱寻根究底，他不仅是带了一颗热心，还带了一双眼睛和一个脑子到部队来的。他不放松一分钟时间，对周围的事情也不肯放过一件，他见连部的墙上挂着一幅红旗，就留上心了。星期日这一天，恰好轮到二班帮助伙房做饭。他和班长负责切菜，李进山切完一株白菜，忽然仰脸问他：

“你知道挂在连部墙上的是什么旗子？”

这话正合方志坚的心意，他停下菜刀说：

“老乡送的？”

“说来话长，”李进山用菜刀一推，把砧板上的一大堆碎白菜推进筐子，“这是四平保卫战当中得的奖旗。你听说过四平保卫战没有？”

“老洪对我说过。”

“哪个老洪？”

“洪永奎同志。”

“嗄，是八连的洪排长。他是全团有名的战斗模范。一块从山东过来的。”

“那回战斗，听老洪说打得挺凶。”

“可不是，整打了一个来月。我们成天成宵躺在壕沟里，浑身泥湿，好些同志都长了疥疮。咱连守在城东，几天几宵没睡，眼睛都熬得通红。那天早晨，反动派放了一阵排炮，用飞机盲目炸了一顿，从三道林子向我们进攻了。敌人边冲边嚷，我们谁也没作声，待敌人临近时，我们一声喊跳出壕沟。兔崽子们一见刺刀可慌了神，扭转屁股就跑。小杨在后面一枪一个，打得真够味。这一仗，光咱们二班就消灭了敌人一个排。‘猛虎连’的奖旗就是那回得的。”

方志坚听得出神，追问了一句：

“班长，你打得不错吧？”

李进山没有答复，嘘了口气说：

“那次战斗，咱们二连牺牲了五个同志，这面锦旗是同志们用血换来的。”说到这里，他的鹰爪鼻涨开来，浑厚的脸上蒙上一股仇气，抓过一株白菜狠切起来。

“那回有多少敌人？”

“五个军！是美国鬼子用兵舰运来的，从头到脚都是美国装备。不过也没有什么了不起。只要你勇敢，敌人就孬了。”

听了班长满不在意的口气，方志坚越想知道班长打得怎么样，就是不好再启口动问。当天傍黑，洗净锅子挑满水，就找俞国才拉话，故意把话题引到班长身上。从俞国才的片片断断的谈话中，才知道班长在四平保卫战中从没有好好睡过觉，长了满身疥疮，顾不得治，把心都操在战斗上了。在那次打退新一军进攻的激烈战斗中，他就是第一个亮着刺刀跳出壕沟去的。待回归阵地，腿上的疥疮都磨破了，血黏住了裤腿，他还是有说有笑，满不在意。全班的决心也就越打越大。用俞国才的话来说，就是“咱们班长起的作用可大了”。

嗣后方志坚就十分信服班长，没事常找班长唠谈。

班长对他讲了许多战斗故事。这些故事多迷人呵，每次都使方志坚听得出神。不过班长讲的总是别人的事，很少讲到自己，就是提到了，也只是捎带一笔就过去。每次讲完故事，差不多总是用这句话作结：

“你勇敢，敌人就孬了。”

班长的话里充满信心，听了以后，他就觉得一定能战胜敌人。这种信心慢慢地也在他的心上扎下根子。他时时刻刻细嚼着班长的话，还根据自己的想象，添枝添叶地发展故事的情节。

方世兴三天两头到二班来看他。没有别人在场时，总是唉声叹气，嫌队伍上的生活过不惯。他的淡黄脸慢慢变成深黄，脸盘也消瘦了，走起路来一拖一拖，好像脚上缚着千斤重担。开头，方志坚还抱着一股子热心劝解他、鼓励他，一见没起作用，就不大耐烦了。有次两个人在丁字路口碰上了，方世兴锁紧眉头说：

“腊月到了，我想回家去一趟，你看行吧？”

“我又不是连长。”方志坚转身走开，把他的远房叔伯哥哥丢在路上。

三

腊月初上，下了一场大雪，田野上一片白，村道淹没了，天空映成青色。太阳到了当午，还是淡沙沙的，好像它只是太阳的影子。尖峭峭的冷气从四面扑过来，从地底下冒起来，裹紧棉大衣出门，冷气还像锥子似的往骨髓缝里钻。松花江冻到了底，江上面的冰层也冻裂了。

松花江以南，在辽河边上的沈阳市里，蒋介石派到东北来的最高指挥官杜聿明，正在行辕里发出一道道进攻的命令。他忠实地执行了美国顾问制定的南攻北守的战略，妄想先拿下南满，再拿北满。秋天，他集中优势兵力抢占了南满的广大地区，现在又集中一切能够集中的部队，进犯南满的临江地区。

形势是紧迫的，东北人民解放军总部向北满部队发出了进军江南的命令。驻在松花江北的部队立刻忙碌起来。

二连的军人大会会场设在一所三间打通的屋子里。二班赶到时，东西两铺炕上已经找不出空隙，地上也坐满了人。烟气和歌唱声飘满一屋，暖烘烘的，比门外要暖一季。方志坚找不到坐处，只得靠在门边的墙上。旁边的炕上正好坐着方世兴，他拉了拉方志坚，往里一指说：

“嗨！你看！”

方志坚透过雾腾腾的烟气，发现在一张方桌子后面，在路有德连长旁边，端端正正地坐着洪永奎排长。方世兴伸过头来悄悄地说：

“他来干什么？能当我们二排的排长就好。”

“怕是有什么事情来的。”话虽那么说，心里却盼望方世兴的话能成为事实，不过不是当二排长，是当一排长。

“你看，他的胡子都剃掉了，年轻了好几岁。”

李进山打断了他们的对话：

“别吵！听指导员讲话。”

瘦长的戈华指导员走到桌子跟前，脸上挂着跟平时一样的微笑，做了个手势叫大家静下，不紧不慢地说：

“同志们，告诉你们一个好消息。你们猜是什么消息？”

“咱们要打仗啦！”东炕上响起个快乐的喊声。

“对啦，咱们要打仗啦！”指导员举起手斜劈下去。

屋里顿时静得像没有一个人。方志坚忘掉了洪同志，眼睛死盯在指导员的狭长脸上。

“杜聿明正在疯狂地进攻咱们南满的兄弟部队，想先把南满一口吞下，再拿北满。反动派的胃口虽大，可惜兵力不够。它想南攻北守，咱们偏要它攻也攻不成，守也守不成。同志们，南满的兄弟部队正在冰天雪地里苦战，拖住了敌人的大批兵力。咱们要一家伙搞到江南去，叫敌人两面挨打！”

戈华指导员伸出一对消瘦的骨骼很大的拳头，往近一并。

路有德连长猛地站起，拳头打在桌面上：

“咱们在敌人的屁股上揍它一拳，打它个狗吃屎！”

屋里响起咯咯笑声，西炕上马上有人接了一句：

“叫它跌倒爬不起。”

路有德的动作好快，出溜一下转到桌子前面：

“松花江南面的敌人是新一军。秀水河子一仗,咱们请它吃过苦头。你们还记得吧?”

“记得!”几十个声音同时吼叫。

“新一军和新六军都是全部美械化的部队,受过美国训练,是蒋介石压在东北的两注赌本,也是杜聿明的两只胳膊。咱们能吃掉它一个团,就是砍掉杜聿明的一个手指头。十指连心,那时看他痛不痛?”

路有德说到这里猛地顿住。老战士都明白:这以后他就要说出重要的话来了。

“咱们的胃口不大,每个同志捉一个俘虏缴一支枪!你们算算,咱们二连能吃掉多少敌人?”

“一个连!”几十个人喊叫起来。

“全团能吃掉多少?”

“一个团!”

路有德脱去棉大衣,往桌上一扔,拍着腰间的盒子枪说:

“武器擦好了没有?”

“擦好了!”炕上地下一片轰响,有人把枪举过头顶,左右摇晃。

“好!”路连长跳到一旁,手一伸说:

“请洪副连长讲话!”

呵!方志坚的心一乐,手掌合在一起。他的掌声融在一阵噼啪声中。

副连长洪永奎的右手贴着白兔皮帽,挺直地站到掌声停下,才放下手,张开厚嘴唇讲话。他说得很简短,他说自己决心在路连长和戈指导员领导下,跟着大伙打上几个漂亮仗,保持二连的光荣。

窗外传来鸡的午鸣。洪永奎本来只想表表自己的决心,此刻却有种感情逼着他说下去：

“咱们要使江南受苦的老百姓也翻过身来。有地，有马，有房子，有叫明鸡！”

会散了，方志坚想找副连长谈谈，可是往外涌的人群把他一挤挤出门外，刺骨的寒气立刻包围上来。杨占武一把抓住他的胳膊说：

“快走，好买卖来了！”

靰鞡踩得雪道喳喳声，人们有的往东，有的往西，各自走向本班的驻地，走路的姿态都比平时带劲儿。雪地上飘着随风卷起的大衣角，高声的喧闹和快乐的歌声：

吃菜要吃白菜心，
打仗要打新一军，
吃掉新一军，
杜聿明伤了心。

这是二连最流行的一支歌，也是全团全师全纵队最流行的一支歌。方志坚也拉开嗓子唱着，他觉得这支歌比“骑上大马挎起枪”还带劲儿。

二班同志连串走进自己的住房，连串登上炕，围住班长。李进山顾不及坐下，站在炕上说：

“上级号召每人捉个俘虏缴支枪，咱们二班有把握没有？”

在军人大会上一听到要打仗的消息，老战士们当场就想喊出自己的心里话。话卡在喉咙里好一会儿，这下子可痛痛快快地吐出口来。这个说没问题，那个说完全有把握，红通通的脸一张张地向班长望过去，话都说得又快又简短，生怕说晚了再没有机会。

方志坚从没见过这种阵势，脑子里七翻八腾，懊悔自己参军太晚。早先斗地主恶霸，自己总站在头三名，说抓手到擒来，说斗不留情面，心不虚，胆不怯。可这回是去打仗，刀对刀，枪对枪，跟斗地主恶霸是两回事儿，硬要有一手本领。平时瞄三角虽差不到哪里去，谁知道上了战场准不准？凡是没把握的事儿，他从来不夸口。说出口来，做不到怎么办？因此他始终坐在班长身边没有动。

“报告班长！我帮助方志坚，决不让他吃亏。”

要是杨占武不说，李进山也会找机会提醒大家的。一个班像一只猛虎，有个爪子不利就会让敌人跑掉。

“大伙还有什么意见？”

“上了战场，用大枪向敌人提意见去，要他们缴枪！”杨占武眨着眼睛说。

“意见提得有力量，敌人才听你的。准备准备吧。”

谁都明白班长是指什么说的。各人跳下炕，抓起自己的枪擦起来。本来就擦得很亮，既然要去打仗，就得让它再加一加油，打扮打扮。

方志坚使劲儿擦着枪，脸上好像喝了半斤高粱酒，擦着擦着独自笑出声来，没注意到班长就站在自己的身边。

李进山了解本班的老战士，他们都跟他闯过刀山火海，对这个新同志却放心不下。现在见他眼发光，脸发红，劲头十足，就放下心了，这样的战士是能在炮火下站住脚的。再说“你勇敢敌人就孬了”就不够了。

“上了战场可不能太兴奋呵！”

班长的声音把方志坚从沉醉中惊醒过来，他转过脸，还是带着那种笑容望着班长。

“打仗还要沉着。一沉着，你就更勇敢。要不，吃不到敌人不说，反会被敌人倒咬一口。”

在方志坚听起来，班长今天的话添了重量。他觉得班长不是在讲道理，是在下命令。

李进山一走开，方志坚像平时一样细嚼着他的话。可不，班长的话有道理。

他十三岁那年，在“活阎王”白增福家当牛倌，白家大少爷回家来歇夏，从哈尔滨带来一条细高腿的洋狗。白无常（屯里穷人给白大少爷起的绰号）每天喂它五斤牛肉，可是他方志坚却天天吃冷饭剩菜。人不如狗哪！他恨死白家父子，也恨死那条洋狗。有天清早，他在屯道上遇见那条洋狗，拖着薄舌头气咻咻地迎面走来。他扬起拳头一晃，洋狗扭头就跑，他赤着光脚板紧撵，冷不防洋狗转身扑来。他猛想起“狗怕人弯腰”，就地弯下腰去，洋狗真的跑掉了。那回要是不沉着，转身逃跑的话，怕会给叼了一块肉去！

“哈，这回打过松花江，碰巧还能逮住他们呢！”一想到这，他的劲头更足了。

“志坚！志坚！出来一下。”窗外有人低声叫唤。

方志坚听出是谁的声音，推上枪栓，把枪往炕上一搁，走出门去。

方世兴穿着镶着黑领子的白羊皮大衣，挟着一包东西，招了招手，把方志坚引到挂满冰溜的井台旁边，四处瞧了瞧，把那包东西塞给叔伯兄弟：

“这是我带出来的靰鞡草，过了江怕弄不到，分给你一半。”

方志坚伸手去接，一转念又把手缩回去说：

“我有！我不要。”

“眼看要出发了，谁知道走多远。天冷雪厚，多填些靰鞡草，别冻坏了脚。”

方志坚冷丁问了一句：

“你们五班的靰鞡草都够用了？”

方世兴愣了愣说：

“你问这干啥？”

“班上谁不够就给谁呗。”

“唉——”方世兴摇摇头说，“人总有个远近亲疏嘛。”

方志坚一听，气就上来了。见他二哥的棉衣袖子里露出毛衣袖口，就一把扯住毛衣袖口说：

“这是谁的？”

“班长送的。”

“五班长的靰鞡草够不够用？”

理解了对方的用意，方世兴辩解地说：

“毛衣又不是我问他要的。是他硬送给我的。他说有余富。”

“我怎么没见五班长穿毛衣？”方志坚敞开喉咙说，“人家不论远近亲疏，自己光一身毛衣，就脱下来送给你了。你就不问问人家靰鞡草够不够用。同志们把咱们当亲兄弟看待，你的心眼里就只有方家窝棚一个小圈圈。我不要，先尽五班同志使去。”

“我是怕你不会算计，挨冻。”

“人家从关里来的都不怕冻，还能把咱们冻着了？”

早先在屯子里，他俩也常争执，争到后来，总是方世兴让步。这回也没例外。方世兴仍把那包靰鞡草夹进胳肢窝里，呵了呵手说：

“好，好，回头我分给他们就是。”

方志坚高兴起来，摸着叔伯哥哥的白羊皮大衣上的黑领子说：

“行军的时候你得把领子竖起来。喂，二哥，咱们比赛比赛怎么样，看谁缴的枪多？”

方世兴把靰鞡草往紧一夹，身子一缩，低下个头再没放声。

刮来一阵雪风，方世兴喊了声“好冷”，翻起黑羊皮领子。

方志坚瞪了他二哥一眼,跨着大步走开。

方世兴眼瞅着方志坚进了门,叹了口气往回走。风势加紧了,吹得雪粒在低空中打磨旋。他把脸埋进毛茸茸的皮领子里,面向前走几步,背向前走几步,顶着风独自走回五班。

队伍是在第二天傍黑出发的。天空灰蒙蒙一片,没有风,呵出的气往脸上倒回来,马上结成冰珠。方志坚出门一抬头,就断定要下雪。果然,没到屯口,面粉似的细雪就沸沸扬扬地飘落下来。

一出屯口,方志坚差一点欢叫起来。哈!多少队伍呵!大道上前不见头,后不见尾,都是穿着各色皮大衣的人,其中夹着驮炮的日本洋马,蒙着油布的胶皮轱辘大车,展开的大小锦旗。那一长串队伍好像在动,好像不在动。前后左右的小道上,还有许多支队伍像一条条灰线似的向大道聚拢来。哈!都是我们的人,我们有这么多的人!一个人抓一个俘虏,能抓多少俘虏呵!他前看后看,左望右望,乐得忘了自己。喉咙痒痒地尽想唱歌,就是没一个人开头,他也不好张口。现在是去打仗,跟平时不一般,不敢随便。雪落在他的脸上,好像落在火炉子上,立刻就融化了。

四

队伍涌过冻结的松花江，敌人的“还乡队”闻风逃跑，被解放的村庄一个接一个丢在后面。村子里找不到粮食，听不见鸡鸣狗叫，粮食给国民党反动派抢进城市，鸡狗给“还乡队”杀吃了。十家的烟囱有七家不冒烟，空落落的屋里跟野外一样冷。青年人多半给反动派抓走，老年人含着欢喜的眼泪，迎接这支盼望好久的队伍。

这天下午，前卫营二营在许家屯赶跑了一股“还乡队”，一直追赶过去。第二连就在屯里宿营，二班被分派到一所简陋的茅屋。

方志坚先进门，见外屋静悄悄的，破破烂烂的锅台旁边，连根柴草也没有，好像好久没有人住的样子，追拉开草帘子往里屋一瞧，他呆住了。

一个尖下巴的苍老的女人，身穿补满补丁的棉衣，侧坐在泥炕上，正在替穿了身宽大军服的孩子卷裤管。孩子的身旁放着十几块炕砖，一个打开的包袱。他叫了声老大娘，没闻应声。那女人仍在专心专意地替孩子装扮。他向跟着进来的杨占武招了招手，杨占武望了一眼，猛一下闯进去高喊：

“老大娘！”

那个女人一怔，放开手，三脚两步赶过来，抱住杨占武的胳膊，眼泪扑簌簌地往下流，抽抽咽咽地说：

“你们到底来了！天有眼睛呵！”马上转过头说，“保娃！快叫叔叔！”

“叔叔！”孩子亲热地叫了一声。

老大娘冲到门边，撩起草帘子，泪光满面地招呼大伙：

“同志！快进来！快进来坐！”

待同志们全进了屋，她笑着看看这个，看看那个，同志们向她问好，仿佛也没听见。望了半晌，才想起什么似的“啊”了一声，蹲下身子，移开挡住炕洞的一块木板，从炕洞里掏出几块木柴，抱起就走。杨占武一把夺过木柴，说了声“我们自己来”，腾腾地奔向外屋。房东喊叫着赶了出去。

大伙忙着卸去枪支子弹，脱掉大衣，解开帽耳，抽出包住半个脸的毛巾，掸掉腿上的干雪。那孩子也忙着把十几块散乱的炕砖砌到炕中间的窟窿里去，拉平折起来的破炕席，稚声稚气地说：

“叔叔！上来坐！”

方志坚跳上炕，拉起孩子的手问他多大年岁。孩子“哎呀”了一声，他这才发觉孩子的手青里透黑，肿得老高。他摸着孩子的瘦脸又问：

“你爸爸呢？”

“给反动派杀了！”孩子哽着声音说。

别的人哄一下围上来，把孩子围在中间，这时房东笔直地走到炕沿，在孩子身旁坐下，抚着孩子的头，没张口先掉下眼泪。

大伙的眼光都集中在房东的脸上。房东的额角上，眼梢上爬满皱纹，黑包头布底下露出一绺灰发。从呆滞的眼睛里流出的眼泪顺着蜡黄的脸孔往下淌，她没有擦眼泪，一把搂住孩子说：

“可怜咱家只剩下这棵独苗了！”

风在窗外嘘嘘叫，带着细雪粒子从破窗纸缝里钻进来，屋里蒙了一层寒气。孩子在房东的怀里打了个冷战。李进山冷不丁问了一句：

“那，大叔呢？”

房东愣了一会儿，才理会过来那句问话的意思。她摇了摇头说：

“孩子他爷爷早去世了。他爹要活着，过了年才平三十，跟我同岁。”

“呵！”李进山擦着眼睛说，“那么，该叫你大嫂子了。”

“反动派把咱娘俩折腾得不成个样了。”房东猛地咳嗽起来，咳得弯下腰去。她咳了好一会儿才停止，揉着胸口说：“保娃他爹一死，我就得了气膈症，夜间咳得孩子睡不着觉。”

窗外的风声更怕人了，好像想把窗户撞开。许大嫂搂紧孩子叙述起来。她的话常常给咳嗽打断。

“春上，咱家分到了地东宋大棒子一垧半地。保娃他爹心活，跟好些年轻人参加了我们的地方保安队。后来咱们的队伍从四平撤下来，撤到江北。他爹来不及跟走，就把军衣藏了。过了几天，屯里开到一队遭殃军，当天抓走了七个人，他爹也在数内。

“第二天早起，宋大棒子带着两个‘遭殃军’闯进家来。他是在屯里闹清算斗争时跑掉的，这回跟着‘遭殃军’回来了。他扯着山羊胡说：‘许德胜的军衣呢？他不是当了八路军的保安队了吗？’我明白定是这家伙告的他爹，恨不得在他的肥肉上咬一口，就咬着牙说：‘不知道。’他挤了挤山羊眼说：‘你男人都招认了，你还装聋卖哑干啥？快取出来给我！’我一想不对，他爹从来不是个软骨头，他肯招认？敢情是这家伙套诈我！我就硬着嘴说：‘不知道。’他把我推倒在地上，踢了几脚，跟遭殃军四处翻腾了一阵，啥也没翻到。临末，他气汹汹地说：‘好，算你们倔！听着，共产党在你们脑袋里灌了铅也好，灌了锡也好，我宋大爷有本事熔了它。’

“当晚，放回来四个人，身上都是青一块、红一块。农会副主任的腿给打瘸了，至今还没好。听他们说，“遭殃军”的狗官置了十几根扁担，两根一起，两根一起，缚成十字叉叉，把他们七个人反绑在扁担上，背脊朝天，按在地上用皮鞋踢，用鞭子打，边打边骂：‘看你们闹翻身！翻呵！翻给我看呵！’围着半屋子地主和狗腿子看热闹，打哈哈。第二天晌午，又把他们提出来踢打一顿。那个狗官踢乏了，叉着手问：‘共产党八路军好不好？’起始谁也不吭声。那狗官还是连声地追问，问急了，他爹、春贵、铁柱儿都说：‘好！’狗官的狗脸发了白，当场把他们三个毙了。”

许大嫂说到这里，眼睛里反倒没有一滴泪水，干巴巴的，像要烧起来。

一旁响起俞国才的声音。那声音沉沉的、直直的，像有什么东西把它从胸口一直推出来。

“宋大棒子呢？”

“宋大棒子把土地全要回去了。”许大嫂瞪着干巴巴的眼睛说，“由他带头，把地主狗腿子黏在一搭，搞起个‘还乡队’。‘遭殃军’一开走，还乡队就顶了缺，见猪抓猪，见鸡抓鸡，咱屯子里连叫明鸡都没留下一只。十天半月征一回粮草，叫老百姓自己往城里送。这几天特别冷，‘还乡队’日夜烤大火烧，额外多派柴草。交不出，就挨门挨户搜。咱家这几块柴火，要不藏起来早没有了。雪压遍地，柴火不好找呀。孩子为帮我拣碎柴，手都冻坏了。咱家少粮缺柴，尽啃豆饼过日子。前天宋大棒子还到我家来说：‘日子好过吗？要不要借给你几升米过冬？君子不记前仇，看孩子面上，许德胜清算我的事情，我把它一笔勾销。’老狐狸的心我看得透亮：他把我往死里逼，再甜言蜜语几句，想溶化我的脑袋。做梦！我没有搭理他，心想：这笔账我一辈子也勾销不了！饿死也不求借你一颗粮！幸好同志们回来了，云散露青天，我又能大声说话了呵！”

俞国才的闷雷般的声音又一次响起来：

“宋大棒子呢？”

“今晌午带起‘还乡队’跑了。”

俞国才一拳打在炕桌上，炕桌反跳起来。

许大嫂感激地望了望俞国才，满怀希望地说：

“才刚过了一股咱们的队伍，说不定能逮住他呢！过来，孩子！”

她从那个熏黑的包袱皮上拿起军帽，给孩子戴上。直起腰端详了一会儿，心满意足地说：

“这套军衣在炕砖缝里藏了半年多，到底有了出头的日子。孩子，走给叔叔们看一看。”

保娃挺着胸膛来回走了一转。俞国才猛一下把他拖过来，紧紧地搂在自己的怀里。

这时杨占武端进一盆热气腾腾的开水，见了这个情景，端着盆子待在炕前。

方志坚从始到终没漏过房东的一句话，耳朵旁边响着“看你闹翻身，翻呵，翻给我看呵”的声音，缚在十字扁担上的七个打得鲜血淋淋的人，也总在眼前摇晃。要是让反动派打过江来，打到自己的家乡，白阎王也会跟着来的。那时候天地又会倒翻过来！他的心里嘴里都烧着一团火。他想说话，但舌头不听他的使唤。他腾地跳起来，舀了一茶缸子开水，仰着脖子就喝。许大嫂急忙接过瓦盆，放在炕桌上。她望了望这两张年轻的脸孔，叹口气说：

“保娃要是再大十岁有多好呵！”

风吹得破窗纸突突响，风在屋子里打旋。瓦盆子里一霎眼就不冒热气了。但屋子里没有一个人感觉到冷，方志坚甚至解开了一个棉衣扣子。

风声中响起劈天裂地的号音，方志坚才觉得肚子饿了。仔细一听，不是开饭号，是紧急集合号。他一虎跳起身，披上大衣，捞起枪，跟同志们一块飞奔出去。许大嫂吃惊地抱起孩子，赶出来在背后高喊：

“同志！喝口水呵！”

孩子也在娘怀里大喊：

“叔叔！叔叔！”

走在最后面的李进山扭转头说：

“叔叔们替你报仇去！”

灰色的天边抹着最后一道红霞。风吼叫着，在雪野上打架。二连同志迅速地在风地中站好了队。路有德连长在队列前面出现，讲出二班同志此刻最爱听的话：

“咱们要赶一宵路，赶到敌人的窝边去，把敌人一网打尽！同志们怕不怕累？”

“不怕！”

“怕不怕冷？”

“不怕！”

路有德是二连的老连长，从关里到关外，从江南到江北，他一直带领着这支连队。他了解本连队的老战士，疲倦和寒冷是吓不倒他们的。他所以要这样问，只是为了想听一听战士们一齐喊出来的声音。他喜欢那种声音。他飞快地望了望屹立不动的队伍，拉开两腿带头走了。敞开的棉大衣飘起来，盒子枪的红穗在腰际摆动。

一出屯口，路有德越走越快，好像全身都要飞起来。现在是确定地向有敌人的方向奔去，他收束不住自己的脚步。洪永奎跨着大步才能勉强赶上。

在短短几天的相处中，洪永奎已经爱上了连长的爽朗的性格，对于连长的永不疲倦的精力，比方，对他现在的这种走法，他也是衷心喜爱的。他知道，只有这样走法，才能在指定的十一个钟头以内完成行军一百二十里的任务。

天黑了，头顶上出现淡闪闪的星星，冷气四处袭来，往毛孔里直钻。方志坚的鼻子麻酥酥地发疼，脚底心冰阴冰阴的，好像每一脚都踹在冰水里，眼睫毛上结了霜花，刚擦掉又结了一层。肚子里咕咕叫，有股清水往喉咙上冲。他想讲讲话，话到了嘴边却不愿张口。

约莫走出二十里地，大枪在肩上增了重量，步子一步比一步沉重，道上的坑坑洼洼好像加多了。他盼望值星排长说声“休息”，可是休息的命令始终没见传下来。寒气更深了，星星失去光彩，像一颗颗白点点，少气没力地散在深远的青灰色的布幕上。

“跟上”的口令不时传来。方志坚好几次不得不拉开腿跑步，才能撵上杨占武的背影。俞国才吐着均匀的气息，不紧不慢地走在他的旁边。

不知走了多久，方志坚背上的枪越发沉重，肩膀给压得垂下去了。脚底心一阵阵发疼，走起来一颠一颠，跨不开步子。忽然伸过一只大手，提走了他的大枪。一看洪副连长，肩头上已经放了两支大枪。

方志坚猛觉一身轻松，赶上杨占武不似刚才那样吃力了。一松快，话也溜出口来：

“组长，咱们走多远了？”

俞国才的回话又急又气愤：

“什么时候才到得了敌人窝边？许大嫂的话老缠着我。狗日的反动派好毒呵！”

许大嫂的尖下巴，她的孩子的肿手，反绑在十字扁担上的人，一下子涌上方志坚的眼前，他突然抢出队伍，边跑边喊：

“副连长！副连长！”

“叫唤什么？”后边有人吆喝。方志坚回转身来，差一点撞在一个人身上。

在雪光的反照下，方志坚见那人头戴银灰色的皮帽，脚蹬翻毛的短筒皮靴，中等个儿，胸宽膀阔，一个大口罩把嘴巴鼻子都遮住了，脸上只闪着一对大眼睛。那人把挽在臂弯里的日本木棉大衣换了换手，严厉地说：

“叫唤什么，走不动了？”

“副连长把我的枪背走了。”方志坚抱屈地说。

“那就让他背一会儿，累不着他。”

“他背了三支。”

“你们不是二连吗？你们的副连长有劲儿，背四支也不多。”

方志坚又细看了看那人，猛想起来了，班长跟他讲过团长的模样，说团长是江西人。看他模样相同，讲话时又带着南方腔调，准定就是团长。一想到这，心里有点慌张，急忙行了个敬礼，扭头就走。

这人正是本团团长王树功。他有个老脾气，一行军就愿意跟着大伙走路，而且愿意跟着前卫营走。这样就可以经常跟战士们扯谈，了解战士们的情绪，有了情况也能马上掌握。此刻他的心情很好，不想放过谈话机会，几步追上方志坚，边走边问：

“你是哪一班的？叫什么名字？”

“方志坚。二班战士。”方志坚尽可能简单地回答。

王树功打量他一眼：

“新参加的吧？”

“嗯。”

“打过枪没有？”

“在家打过胡子。”

“胡子好打不好打？”

触到方志坚感兴趣的题目，他的话多了：

“像兔子一样，尽跑，钻山沟沟，钻窟窿，抓他们费老劲啦。”

“国民党军队的士兵没有胡子刁滑，打上一两次你就明白了。”

见团长说话很随便，方志坚提出搁在肚子里的问题：

“咱们今天能打上敌人不能？”

“那要看咱们了。咱们走得快，仗就打得上。打运动战全靠腿快。”说这话时他是愉快的，因为队伍走得很快，照这样走下去，仗是能打得上的。这也就是他心情很好的原因。“腿怎么样，能行吧？”

方志坚犹豫了一会儿，不愿说谎：

“有点酸疼。”

“不要紧，锻炼锻炼就锻炼出来了。”团长笑着说，他喜欢诚实的战士。

“我也那么想。”

“那好，先不忙去要枪，歇歇气。停会咬住敌人，显显本领吧。”王树功把大衣换了换手，嚓哒嚓哒地走向前去。

他走到二连的排头上，向正副连长打招呼：

“冷吧？”

路有德笑了笑说：

“别的都好说，就是脚趾头暖不过来。这鬼天气。”

王树功在口罩里面咂着嘴唇说：

“硬是有点过雪山的味道。过雪山那阵子，走着走着，旁边的人就倒下去了。那时候敌人撵得紧，有时候一天得逼你跑一百多里地。营养也差，十个有八个瘦得露了骨头，不过大伙的情绪都挺高。身体好一点的，背上少不了两支枪。”

王树功转头望着洪永奎，眨了眨眼睛说：“不过还比不上你。”

洪永奎慌了,避过脸去。

“那阵子是敌人追我们。这回风向转了,是我们去揍敌人。能走路,能挨冻,就是胜利。”王树功停了停,口气变严肃了,“还记得四平保卫战吗?”

“怎么不记得!”两个连长同时回答。

“记得就对了。同志,你们二连这回还得打出个名堂来。”

“首长看吧。”路有德简简单单地答复了一句。

一颗流星拖着长尾巴掉下来,消失在半空中。白茫茫的雪野上,除掉沙沙的脚步声,听不见别的声音。王树功团长停下脚步,让队伍从他身旁飞速地流过。

五

早晨五点钟以前，这个纵队到达了指定地点，把驻扎了一个团的敌人的镇子包围得密不透风。王树功这个团绕过镇子，在离镇十里地左右的一带屯子驻下。刚驻下，镇子里的各种大小口径的炮，就向外轰射起来。

二连驻在一个小屯子里。吃过早饭，二班长李进山被叫到连部开会。战士们在隆隆炮声中整理靰鞡，换靰鞡草，烤狗皮袜子，擦枪，准备战斗。好不容易等到班长回来，带来的命令却只有两个字：

“睡觉！”

一听命令，老战士一个个跳上炕，和衣睡下，不一会儿就打起呼来。方志坚还是第一次听见炮声，兴奋得不想睡觉，扒在窗台上张望，李进山把他拖下来说：

“让他们浪费炮弹去吧。炮弹打不到这儿来的。咱们先养养精神。”

“为什么到了狼窝边边上又不动了？”

“敌人躲在乌龟壳里，他打你容易，你打他就难。敌人反正捏在咱们的掌心里了，急什么。睡吧！”

李进山硬按着他躺下，自己也跟着躺下，马上打起呼噜。

方志坚还是睡不着。炮打得很密，有几发炮弹落在近处，窗户都颤抖起来。他一骨碌爬起，又扒着窗户，透过破窗纸孔张望。天空中升起火舌，飞着黑烟，定是炮火把前村老乡的房子打着了。一炮，呵，又一炮。他相信班长的话，炮弹打不到这里来。可是早一点去拿下那个镇子不更好吗？

房门轻轻推开，伸进一顶蓬蓬松松的白兔皮帽，是副连长洪永奎来了。他轻脚轻步地走到炕跟前，挨个地看了看他们沉睡的脸孔，看到方志坚，就压低声音说：

"你怎么不睡？"

方志坚诉苦一般地说：

"睡不着呀。敌人老打炮，咱们什么时候还手呵？"

"一还手就叫它好看！"洪永奎咬着下唇说。只几天，黑粗黑粗的胡髭又长出来了。"镇子里的敌人是新一军，火力不弱。咱们得准备齐全了再动手。呵，你脸上都落肉了，快睡！"

"能睡早睡着了。"

"睡不着就数数，包你睡着。"

见副连长的眼通红，脸色疲乏，方志坚反问一句：

"你怎不睡？看你的眼睛都有血丝丝了。"

"半年多没打仗，一见敌人眼就红了。"

这时杨占武在炕上翻了个身，棉大衣滑在膝盖上。洪永奎拉起大衣，盖严他的胸口，回头又对方志坚说：

"马上睡吧！"

方志坚很久没有单独跟洪永奎谈话了。别人都睡着了，正好能畅畅快快谈一下，他跪起来正待张口，洪永奎却放严了声调：

"到了部队可不比在屯子里了，得坚决执行命令！睡觉！马上睡觉！"

既然上级一再叫睡觉，可知睡觉是件紧要的事情。方志坚把大衣往身上一蒙，躺了下去，竭力不让自己听炮声，在心里数着数，不一会儿，就迷迷昏昏地睡着了。

洪永奎打了个呵欠，踮着脚尖走开，上别的班去查铺。他在当排长时就养成了这个习惯：在战士们没有睡觉以前，他是绝不睡觉的。

洪永奎转回连部，路有德连长刚刚放下电话耳机：

"营长叫咱们去两个人，立刻上团部开会。"

正在看请战书的戈华指导员抬起头说：

"你们两个去吧，我坐镇连部。老路，不要忘记提那个。"

那个，是指要求突击连的任务说的。还在行军的时候，三位连的干部已经合计好了。

洪永奎跟着路有德来到团部，宽敞的房子里坐着好些连营干部，一个个喜气洋洋，在那里笑谈打闹。他却没有这份心思，找了个地方挤下，巴望马上开会，好回到连队进行动员。路有德比他有经验多了，靠着墙角，瞅着每个连长的动作，立刻看透了他们：表面上虽是嘻嘻哈哈，实际上谁都怀着个心思，瞅机会向团首长提出当突击连的要求。

王树功团长正在研究挂在墙上的五万分之一的地图，这一点很使路有德惊奇。按照过去的情况，在开会以前，团长照例要跟到会干部讲几句笑话的。再则已经把镇子围得水泄不通，再看五万分之一地图还有什么用处？

连营干部都到齐了。王树功像平时一样，先看了大伙一眼，两手扶着桌沿开始讲话：

"我才到师部开了会。总部来了电报……"

原先还有搬腿移凳子的声音，这一下一点声音都听不见了。

"城里的敌人准备增援。纵队司令员命令咱们师去打援！"

王树功说到这里停止了，他预计会有反应。果然，移凳子搬腿的声音又响了起来，其间还夹着抽气的声音。“打援！”这就是说，要求当突击营和突击连的计划落空了。

王树功知道部下的心情：哪个都是雄心勃勃地想打硬仗。何况他自己也是过来人。他所以把营连干部一块召集来开会，一则任务紧急，再则预计到一宣布这个新任务，免不了要费一番口舌，由团来直接掌握就好办多了。就是营的干部，他们的思想怕一时也不容易转弯。

果不出他所料，出名的猛将三营长发言了：

“为什么偏叫咱们师去打援？”

他的声调总算还平静，这是因为有连的干部在场。要不，他会喊出来的。

“总要有部队去打援的，围城打援是我们消灭敌人的老办法。不过这回是援也要打，镇子也要打。”团长的语调说得非常肯定，非常坚决。

“战士们一到就嗷嗷叫，非攻下镇子不成。”三营长反映的是真实情况。不过他的目的很明显：既然战士们有这要求，还是让咱们攻坚吧。

王树功听见只当没有听见，语气还是非常坚决：

“镇里的敌人是新一军，城里出来的敌人也是新一军。不管围城还是打援，都是为了消灭敌人！”

屋子里静下了。王树功向他的下属扫了一眼。接着又说：

“城里的敌人是两个团。或许出来一个团，或许全出来！”他把“全出来”这个词儿说得特别重。“打援打得好，镇子就能拿下；打得不好，拿镇子就麻烦。上级相信咱们不会让敌人跑掉，才叫咱们去打援的。咱们会让增援的敌人跑掉一个吗？”

这一番话，显然起了作用。原来把笔尖子朝上的人，现在又把笔尖子对准本子。这表示出他们现在的心思：“好，那你说下去，该怎么打吧。”

“你们原来想说：‘团长，把突击连的任务交给我们吧。’现在没处提了，你们就不高兴。用不着不高兴，同志！打伏击战，每个连都是突击连。”

这段话把全场的人都逗笑了。虽然秘密给揭穿了，但团长最后两句话却是实在话。

随后，王树功就说到城里敌人的战斗力，说到可能遇到的困难，说到行动中要注意的事项，还把大家引到挂图跟前，指出到哪一带去撒网，把出来的敌人统统网住。他越说越兴奋，无意之间撸了撸衣袖，发现手表上的时刻，连忙“啊”了一声说：

“时间不早了，回去好好动员。一定要打好这一仗，在东北打出个胜利的局面。”

一散会，大伙都嘻嘻哈哈地走出团部。待一分路，各营各连的干部便一边走，一边认真地研究起来。二连的正副连长谈到怎样打通战士的思想时，路有德忽然问了一句：

“你怎么样，老洪？”

“什么怎么样？”

“关于打援的任务。”

“打就打呗，我没有意见。难道都去攻坚，把增援的敌人放进来？”

路有德嗤笑一声：

“老戈还等着突击连的消息呢。”

戈华的确在焦急地等着他们。他裹紧大衣在门口瞭望。一见他们回来，离老远就扬手高喊：

“怎么样，老路？”

路有德撞了撞洪永奎的胳膊，两个人一齐大笑起来。

一个钟头以后，集合的哨子响了，全连在一个打谷场上集合。

路有德连长在队列前面踮起脚尖,用惯常的尖高音宣布了新的任务。

霎时间,队伍里响起了嘀咕声:

"不叫咱们打乌龟壳了?"

路连长的话早准备好了,他强调地提出了团长讲话中的一点,他明白这一点最能激动人心。他简短地说:

"增援的敌人可能比镇里多!这个任务也是个硬家伙!"

两句话立刻改变了大伙的情绪,杨占武独自咕哝着:

"不怕你多,只怕你是怂货打着不过瘾。"

"不是怂货,是咱们的老对头。"路有德接着又把团长讲话的另一点强调地讲了一下,这就是打援打得好,镇子能拿下;打得不好,拿镇子可麻烦。他明白战士们的心理,激发了他们的革命荣誉心,一切大小任务都能够用高度的自觉去完成。

队伍肃静了,这说明大伙已经认识了任务的重要性。路有德把矮小精悍的身体往上一提说:

"这里的网已经拉严了,咱们再去拉一张新的网。同志们,不要把鱼儿惊跑。路上不许抽烟,不许说话。"

队伍在黄昏时分出发。为了保持行动秘密,每个连队之间,隔着相当大的距离。待二连出发时,天黑下来了。他们走出十来里地,刚翻过一座山坡,背后传来轻重机枪的吼叫。机枪声不是从一个方向发出的,而是从几个方向同时发出。不是几挺,是好几十挺。杨占武解开帽耳,回望着远方烧红的天空,悄悄地说:

"兄弟部队进攻了!"

方志坚说不出自己是种什么心情,像是舍不得,又像是丢了什么东西。打是打起来啦,自己倒离远了。要能跟着打多美气!自己真能打上敌人?问一问组长吧,连长又说过不许说话。走吧。

机枪的声音模糊了,一点听不见了,剩下的只是靰鞡踏在雪上的嚓嚓声。兴奋一过去，方志坚有两次不知不觉地钉在地上，两次都给俞国才推醒。怕第三次再瞌睡，眼皮刚往下垂，赶紧拧一下脸。冰冷的无指手套一触到脸上，立刻起了清醒的感觉。他懊悔白天没听班长的命令，睡得太少。

方志坚忽觉左脚底心痛起来，像是靰鞡里钻进了好些小石块。不一会儿，右脚心也阵阵发痛，他真想解开带子看一看，但是队伍在飞快地前进，根本捞不到时间。他咬着牙一步一拖地走到三星西下，跟着队伍离开公路，循着滑溜的山道，翻过几个山坡，跋过一段陷腿的雪壳子地，进入一个屯子宿营。

第一排挤在一间小茅屋里。方志坚累到脚底心，一倒在地上就睡死了。

不知道睡了多久，似觉有人推他，睁开眼睛，蒙蒙眬眬地瞥见班长蹲在他的身旁。

什么？干什么？脑子里转了个圈圈，又合上眼皮。他梦见自己走在一条冰河上，脚底下凉飕飕的。赶紧渡过河去！他想，加快了脚步。脚底心猛地发热，像是踩在一堆新屙下的牛屎上。

他叫了一声，睁开眼睛，原来班长正把他的一只脚拉进洗脚盆去。他急忙翻身坐起，李进山已经从脚盆里捞出毛巾，敷在他的小腿上了。他一时说不出话，弯下腰去抢毛巾，李进山推开他的手说：

“别动别动！看你打了多少泡呵！”

李进山替他洗了脚，从帽檐上取下一根针，在豆油灯上烧了烧，把他的脚搁在自己的脚上，挑破一个水泡，挤了一挤，把针头在火苗上放了一会儿，又挑破了第二个水泡。

“班长，我自己来！”

“下一回你自己来吧。喏，该这么挑。”又挑了一个水泡。

方志坚的脚底心起了暖烘烘的感觉，这种感觉漾遍全身。他望着班长身边的脚盆,惊奇地想到水面上怎么会起了冰凌。

李进山专心专意地挑着水泡,一边慢吞吞地说:

“打运动战全凭两条腿,不能让它们出一点毛病。天快亮了,停会还得好好使一使它们呐!”

六

天亮，方志坚脚尖插在厚雪堆里，躺在山顶上，望着西方。白茫茫的雪地上，没见一个人影。冷气穿透两层棉衣，渗进骨髓，两腿冻得发麻。他拔起靰鞡头捣了一阵，还是觉不着丝毫暖意。往两旁一瞅，李进山和俞国才安静地躺着，好像躺在暖炕上，一动也不动。眼睫毛上尽是霜花，还是死盯着远方的公路尽头。

淡沙沙的太阳从背后慢慢地升起，阳光照在战士们身上，就像月亮光一样，不见暖，埋在无指手套里的手指都冻僵了。方志坚望花眼睛，仍不见一个人影，耐不住自言自语地说：

"敌人到底来不来呀？"

"打鱼要有耐心。"班长慢吞吞地接了一句。

方志坚想起班长说过的关于沉着的话，闭着嘴不再作声，竭力克制着自己的烦躁。

又过了好久，在雪地和灰白色的天空接壤处，到底出现个黑点，接着是第二个黑点。方志坚手撑雪地支起身来，想看清那是什么东西，李进山轻声吆喝：

"卧下！"

方志坚应声卧下，压着嗓子问：

"那是啥家伙？"

“敌人！”李进山紧瞅着黑点回答。

“离那么老远，能看到咱们？”

“看到就晚了。小心暴露！”李进山两眼不离黑点。

“告诉全班，没有命令不许打枪！”李进山的耳旁响起洪副连长的声音。嘱咐一毕，埋着头，在雪地上划着长胳膊，马上向三班那里爬去。

李进山向全班传达了副连长的命令，注视着逐渐扩大的黑家伙。此刻，他的尖利的眼光到底辨出了那是什么东西，转头对方志坚说：

“那是装甲车，得用手榴弹对付它。”

装甲车越来越近，慢慢增强的马达轰轰声使方志坚心跳起来，这个好像棺材顶上压着个小土堆的家伙，他还是首次见到。他又左右望了望，班长和俞国才还用那副老样子躺着。他的胆子也壮了。

四辆装甲车呼隆隆驶过来，履带在雪地上压出两条蛇身似的痕迹，摇摇摆摆地从面前驶过，拐了个弯不见了。随后是几十辆十轮大卡车，马达震得山响，每辆车上站着一群拢着双手、穿黄棉大衣的家伙。再后是长列步兵，排成四路纵队，吃力地追赶着卡车。方志坚浑身火热，手脚都暖过来了，望了望班长，意思是问为什么还不打。李进山用微笑回答了他的眼光。这个老战士完全明白：前面有我们的人，再前面还有我们的人，敌人越深进越漏不了网。我们的网子是深不见底的。

班长的镇静使方志坚也镇静下来。他专心望着公路，啥也不想了。

走过去一队敌人，又走过去一队敌人。队伍不大整齐，武器倒很整齐，机枪步枪一式铮亮，在阳光中耀眼。队伍之间还夹着驮马。每一队里都有几个拐脚的士兵，一瘸一瘸地前进。当第四队敌人经过时，有个拐脚的士兵颠了一下，摔在雪地上，一个穿黑皮翻领绿大衣的军官，赶上去踹了他几脚，踹得他在地上打滚。就在这时候，什么地方发出三声清脆的枪声。这是开火的信号。

“开火！”洪副连长的洪亮声音震响起来。

在漫长的、白茫茫的山梁上，各个伏击部队的指挥员们，在同一个时间里喊出同一个声音。

机枪暴烈地吼叫，小炮弹从掷弹筒里呼呼地射出来，步枪子弹雨点似的洒下，收网的时候到了。

装甲车扭回头，大卡车刹住，驮马四处飞跑，四路纵队变成几十路，人和人撞在一起。

洪永奎从雪地上跳起来，向第一排高喊了一声，带头冲下山坡。李进山一虎跳跃起，喊了声：“跟我来！”扑奔下去，他穿的好像不是靰鞡，倒是轻便的橡胶鞋，紧跟在副连长身后飞跑。方志坚也连着跑过了两个山头，向混乱的敌人冲下去。

公路的沟沿上伸出一支冲锋式的枪口，正好对着他的胸口，有人猛力把他推倒，一串冲锋式子弹贴身飞过，背后一声枪响，沟沿上那支冲锋式的枪口一翘，一个军官模样的人仰面倒在沟沿那一边。这一切差不多在一秒钟内发生。等他清醒过来，见杨占武推上枪栓，抢到前面，滚木一般地冲了下去。

方志坚紧跟着落到公路上，转过山弯，见跑在最前面的洪副连长转过宽背，喊了一句什么，折向路沟。他细一望，发现远远冲来一辆装甲车，伸出的机枪口像水管似的喷着子弹。

一排同志敏捷地散开卧倒，方志坚刚卧倒在俞国才旁边，开足马力的装甲车就驶过去了。俞国才狠劲儿投了个手榴弹，打在车后的铁板上，它好像没有觉着，噪叫着转过山弯，留下一股强烈的汽油味。

待装甲车一拐弯，洪永奎抓起一团雪捏得粉碎：自己带着一个排伏在雪地上，让敌人安安稳稳地从鼻子跟前闯过去，这是敌人打败了还是自己打败了？他咽不下这口气。

从远处打得七歪八倒的卡车缝里，又挤出来一辆装甲车，这回绝不能让它跑了！他蹦起身叫：

“准备好手榴弹，打它的头！打它的轮子！”

这辆装甲车不是采取逃跑的姿态，它爬得很慢，发现雪地上有人，车身打起旋转，向公路两侧疯狂地扫射起来。

二三十个手榴弹一齐飞奔过去。在爆炸的烟雾里，那辆装甲车依然摆出傲慢的姿势往前闯，疯狂地还击。

俞国才的四方脸涨得通红，鼻孔里出着粗气：

“把手榴弹给我！”

方志坚顺从地把自己的手榴弹递过去。俞国才半跪起来，睁着发烧的眼睛，瞅准了方向距离，一连撇了三颗。透过连续腾起的烟柱，方志坚看出是俞国才的最后那一颗击中了前轮。车身一侧，像打死的野猪似的匍匐在烟雾里了。车上的机枪还在狂吼暴叫。

好几个人脚下带起雪花扑向那只断了腿的野兽。

“火力太猛，你留在这儿吧。”俞国才吩咐方志坚一声，摇着庞大的身体飞奔过去。

洪永奎最先接近，闪到车侧，把驳壳枪伸进小气孔里连连发射。李进山乘势爬上车头，两手抓住烫手的机枪筒子，加上胸部的力量，把枪口推向山坡的方向。机枪的威胁消除了，杨占武一跳跳上车头，再跳跳上车顶，揭起瞭望塔的顶盖，塞进一颗拉了弦的手榴弹，飞快盖上顶盖，坐在上面。车厢里的手榴弹开了花，气孔里冒出火烟，杨占武在顶盖上震跳了一下。他和班长先后从顶上钻进车厢。

他俩从车厢里搬出一挺加拿大机枪，两支冲锋式，机枪把上染着血迹。李进山向洪副连长报告：

“里面两个家伙全咽气了。”

“你的手！”洪永奎叫了一声。

李进山这才发觉自己的掌心烫伤了。他向走过来的副连长屈了屈手指头，忍住痛说：

“没啥，扣扳机、拉导火索都行。”随即把手伸进挂在胸前的无指手套里。

洪永奎在打空的驳壳枪里装上一排子弹，望着围拢来的战士，露出疲倦的笑容。

对自己最不满意的是方志坚，因为他遵照俞国才的嘱咐，一直伏在原地，没有打上敌人。他看见杨占武摆弄着那支缴来的冲锋式，就越发懊丧起来。

洪永奎检查一下人数，只有一个战士挂重花。他又带着第一排向相反的方向奔去，那里响着激烈的枪声。

七

洪永奎带头拐过山弯，跑不多远，见一辆装甲车斜在道旁，车门大开，不用说，这就是从他鼻子跟前驶过去的那辆了。

方志坚擦了擦眼睛，突然冲向盖雪的田野。

雪地上伏着两具尸体，一个穿着黄大衣，一看就认得出是敌人。另一个穿着白羊皮大衣，黑领子高高翻起，这是方世兴的大衣！

方志坚跑到尸体跟前，把那个穿白羊皮大衣的人翻了转来，可不，不是方世兴是谁。他的心突然收缩了。

他跪下一条腿，把叔伯哥哥的背脊搁在上面，发疯似的摇晃着他的肩膀。方世兴猛地睁开眼睛，煞白的脸上泛红了。方志坚又惊又喜地问：

“挂花啦？”

方世兴躲开他的关切的眼光，捞起原先覆在胸口下的步枪，眼望着靰鞡尖含含糊糊地回答：

“好像挂花啦。”

方志坚在他胸前背后摸了一阵，没有发现伤痕，扶着他走了几步，两条腿也是好好的。

“到底怎么回事？邪风吹啦？”

方世兴背上大枪，双手一拢说：

“好冷！想是冻昏了。”

一见那种吞吞吐吐的模样，方志坚想到一件事情上去，直对着方世兴的石灰眼，拖长声音说：

“冻昏了？不对吧？”

方世兴的头挂倒在拢起的衣袖上。是的，方志坚猜对了。

听到第一声枪响，路有德连长带着二排同志冲下山坡。方世兴迷迷糊糊地跟在队尾，在半坡上绊了一跤。爬起来以后，辨不清东西南北，一步一拖地拖下山坡。等他到了公路上，同志们早解决了一群敌人，撵着另一群溃散的敌人。他既怕跟上去，又怕独自落下，只好硬撑着往前赶。背后传来隆隆的声音，见一辆铁板车吐着火舌飞快驶来，他朝着田野撒腿就跑，绊着一个尸体，就势一扑，伏在冷冰冰的雪地上，半睁开眼睛观望。

路有德连长一发现装甲车就高喊起来：

“别让它逃跑，用手榴弹打呀！”

手榴弹的爆炸声压倒了马达声。起火的装甲车倾倒在一边。路有德敏捷地冲向前去。车上闪出一条火光，他打了个趔趄跌倒在地上，随即跳起来继续跑去。在他跑过的地方留下一条长长的血迹。

路有德对着气孔射完驳壳枪的子弹。装甲车的铁门打开，出来个举着双手的家伙。五班长刚来得及叫了声“连长！血！”路有德晃了晃，倒在五班长的手臂上。

连部通信员苗得雨从五班长手里接过连长，背着他走上山坡。二排长可怕地喊了一声，带着队伍冲向前去。

方世兴正想站起来，耳朵跟前响起个声音：“躺着。躺着保险。”他就这样直躺到方志坚来到。在雪地上躺久了确实冰人，他的牙齿上下打抖。

方志坚冷言冷语地说：

“冷？跑一会儿就不冷了。走！抓敌人去！”

一匹受伤的马拖着鞍子，喷着气，踢起雪末子，发疯似的从旁边跑过，带血的缰绳拖在地上。

两个人跑近一个丁字路口，路口有座小庙，从小道进去一定是个屯子，枪声就在附近爆响。方世兴迟迟延延地放慢脚步说：

“到屯里喝口水吧。”

“别尽想好事了。打完仗再说。”

话刚落地，身边擦过一颗子弹，山坡上冒起一股淡烟。

“卧下！”方志坚边叫边拉着方世兴一块卧下。附近没见个人影，敌人大概躲在小庙背后。方志坚打了一枪，从庙背后打出两个人来，哈着腰向屯里跑去。他正要起身追赶，庙后伸出个枪口，他赶紧往左一滚，一声轰响，子弹崩起的雪溅了他一脸。

眼前是只恶狗。方志坚勾着扳机镇定自己：“沉着！沉着！露头就打！”可是敌人没有露头。怎么办？躺在这里挨打不行；冲过去也不行，敌人会在背后收拾你。最好的办法是治倒敌人。他心机一动，啪啪打了两枪，就地一滚，跳起来循着庙墙绕过去，见一个敌人背向着他正在瞄准，他对准弯着的背心打了一枪，那个家伙扑倒地上，手里的枪摔得老远。

他往屯子的方向一望，那两个敌人已经跑出好远，扛在一个矮子肩上的六〇炮吸引了他。他从敌人尸体的弹带里掏出几夹子弹揣上，拉了拉挨到身边来的方世兴说：

“上屯里‘喝水’去吧。”

方世兴闷倒个头，跟着方志坚踏上小道。

跑进屯里的敌人，一会儿被房子遮住，一会儿在两座房子的空隙中出现，一会儿又遮住了，就再也不见了。方志坚看在眼里，一眼不眨地跑进屯口。等了抽半支烟的工夫，方世兴才一颠一溜地赶到跟前。

他们来到敌人隐没的地方，这里，面对面站着两所房子，一所是茅草房，一所是瓦房，大门都闭得紧紧的。方志坚绕过茅草房一看，房后是白茫茫的雪地，没有脚印，敌人一定躲在房子里。他回到方世兴跟前说：

“咱们分头搜。你搜那屋，我搜这屋。”

方世兴没抬腿，半晌才说：

“咱们在这儿监视，等队伍来了再搜不好？”

“什么队伍？咱们就是队伍！”

见方志坚来了火，方世兴似笑非笑地说：

“那咱们一块儿搜。一块儿搜仔细些。”

他们先走到茅草房跟前，方志坚用枪托一捣，门随手敞开，刚要迈腿，方世兴一把扯住他说：

“敌人不在里面！”

他认定方世兴又胆怯了，甩脱手就要进去。方世兴又说：

“敌人要是躲在里面，早把门扣起来了。”

方志坚还是进去搜了搜，果然是间空屋，他带上门，转到对面去打瓦房的门，门真的上了闩。他用枪托连打了几下，一扇门敞开了，出来个五十来岁的老太太，默默无声地闪到一旁，让他俩进去。

方志坚没进门先张望了一下，外屋放着水缸和锅灶，灶边堆着一大堆乱草，竖着成捆的高粱秆子，敌人大概躲在里屋。那老太太掩上门，才说出第一句话：

“同志，这屋没人。”

话虽这么说，却把嘴角和眼睛同时往乱草堆里一斜。方志坚立刻就明白了她的意思。他向方世兴丢了个眼色，吆喝起来：

“没人？草堆里是什么？快出来！”

草堆动了动，一个瘦长个子持着枪跳起来，一见两支明晃晃的刺刀，枪支跌在地上。那老太太站着没动，眼珠子停在高粱秆子上。方志坚脚一蹬说：

“出来吧，泡什么蘑菇！”

高粱秆叶子唰地响了响，没见人出来。方志坚拍了拍枪托说：

“再不出来就开枪了。”

两捆高粱秆之间开了一条缝，爬出个矮小的青年人，胸前紧抱着六〇炮筒。方志坚叫他放下，那人还是死抱着不放，用南方话抽抽咽咽地说：

“丢了武器，回去要枪毙的！”

“解放了还用得着回去！”方志坚笑起来。

“回不去了？”那人睁着兔子一样的又红又小的眼睛，突然坐到地上，放声痛哭。从草堆里爬出来的瘦长个子，闷着声音说：

“要枪毙就枪毙，要活埋就活埋。反正落在你们手里了，随便。”

依方志坚的本性，恨不得上去打他一巴掌，但他立刻想起班长闲时跟他谈过的俘虏政策，忍住气说：

“谁说要枪毙你们？”

“官长说的。他们说落在八路军的手里就别打算再活。”

方志坚这下算是弄明白了，也明白了他们死命抵抗、死命逃跑的原因。他竭力平心静气地解说：

“别听你们的官长胡扯蛋。解放是把你们从火坑里救出来。咱们不杀俘虏！”

“真的不杀？”在地下趴着的那个小个子抬起头来，满怀希望地问。

“当然不杀。解放军从来不说谎，说到哪里做到哪里。”方志坚很满意自己的解释，甚至奇怪自己为什么能说得那么自然。他没有意识到这一点：从来到部队的第一天起，就梦想着将来有一天会碰上这样的场面。于是，他就讯问起那两个俘虏来："你们出来多少人？"

"一个团。昨儿下午赶了三十多里，今早晨又赶路，两条腿都走肿了。"

那个老太太忽然恨恨地插了一句：

"一路上小鸡吃得不少吧？"说罢一转身跑进里屋，取出一叠纸条子塞到瘦长个子的鼻子底下说："瞧一瞧，这是半年的账。又是军粮，又是军草，又是壮丁费，又是人丁费，这个捐那个税的，你们半年来喝了多少血呵！"

"我们连一个麻钱也没捞着。"瘦长个子挂倒个头说。

"捞不着就抢呵！一根针一根线也要。"老太太越说越来气，向俘虏吐了口唾沫，回转身说，"同志，你们要是晚来一步，我这把老骨头都给扛去榨油吃了呢。哪个朝廷有这号事：连一个碗橱也要纳税？"

她见方志坚舐着嘴唇，拍了拍手说：

"啊呀，同志一定渴了。看我这人。"她在灶前坐下，抽了束草塞进灶肚。

远处的枪声诱惑着方志坚，他坚决要走。老太太见留不住，拉开门，对被押送出去的俘虏说：

"跟着解放军换换心吧。"

方世兴扛着六〇炮筒走在最后面，起了一种似惭愧又似不安的感觉，不过它好像玻璃上的水汽，一出屯口就消失了。他有点埋怨方志坚走得太急，喝一口水再走多好！方志坚也真渴了，喉咙里冒火，他抓起一团雪吞了下去。

回到小庙跟前，枪声差不多完全停止。太阳照在当头，风吹来一股暖意。方志坚的心像太阳一样亮，他的腿好像不是在走，是在滑,全身轻得能够飞起来。

找到自己连队的时候,杨占武第一个噔噔地迎上来,在方志坚的胸口擂了一拳说:

“好家伙,班长把我训惨了。说我帮助新同志把人都帮丢了。真的,怎么一转眼就找不着你了?”

方志坚望了望方世兴说:

“老大的一个人怎么能丢得了呵!你们怎么样?”

“不错。”杨占武眯起眼睛说,“平均一个人摊两个俘虏。”

队伍当晚又出发了。是往回走,往镇子的方向走,向纵队靠拢。

这次夜行军谁都走得挺带劲儿,靰鞡好像一队小划子船,轻快地在雪地上划进,歌声和笑声起落不断。洪永奎仍旧跑前跑后照顾连队,他走过五班时,见方世兴也走得挺轻巧,便走近去说:

“累不累?把枪给我。”

“我有劲儿!”方世兴接着带笑地问,“那不是回去的道吗?”

洪永奎点了点头。方世兴又问:

“我算了算,来时走了五天。回去也得五天吧?”

“回哪儿?”

“回江北呀!”

洪永奎的浓眉打了疙瘩。方世兴还是顺着自己的想法说下去:

“副连长,回到江北,我想回趟家……”

“谁说回江北?”洪永奎大喝一声,跨着大步走开。

方世兴叹了口气,想起自己的家。

方世兴十七岁那年,父亲死了,丢下两垧地、一匹马、三间草房。他跟娘一块下地,养活两个弟弟。过了五年,兄弟长大了,他才娶了房媳妇。第二年就得了个孩子,取名四海。这是赶车的岳丈给取的，意思是让孩子长大了去闯江湖。这时两个弟弟都能跟着下地了，因此两垧地侍弄得挺不错。冬天搭伙上山砍几方木材，一家人的吃穿还能对付得过去。他娘是个温驯的妇人，从小就教导他为人要安分守己，加上他帮娘当了几年家，养成了一副拘谨性格，战战兢兢地过着日子，四邻五舍都不敢得罪。就这样，也还碰上了一件飞来横祸，弄得妻亡子散。不过这件事他从来不愿意提。他自动报名参军，也是为了不愿意再听村里人提起它。可是一离开家，却又早早晚晚地惦念起家来。眼看快到上粪的时节，虽说两个弟弟都还勤勉，但终究放不下心呀！

方世兴越走越快，前进一步离家就近一步。虽然离松花江还有好几百里地，他好像已经看到冻结的白花花的江面。

洪永奎离开方世兴，用跑步似的步子追过了三班、四班，听见方志坚的声音：

“准是那么回事！把咱们方家窝棚的脸都丢尽了。”

“岂止方家窝棚，咱们全连都不光彩。”是杨占武的声音。

洪永奎走到他俩身边，方志坚就把方世兴在战场上的表现倒了出来，最后红着脸说：

“副连长，你问问他：是现世来啦，还是革命来啦？”

洪永奎对这件事，心里黏滋滋地不好受，感到自己连上出了个胆小鬼，而且这个人又是自己带到部队来的。在屯子里就不是积极分子，到了部队一成没变。路连长被送到后方去了，自己和指导员分担着全连的责任，不能让连队的战斗作风受到影响。一个小小的污点就会玷辱全连的荣誉……

到驻地后，他把这件事情和自己的想法告诉指导员，提出要给予处分。戈华沉默了好一会儿说：

“先不要处分吧。”

“为什么？”

“二连的战斗作风能慢慢改变他的,我们得多教育他。何况后一段的表现还不算坏。如果下次再这样,用纪律也不迟。”戈华缓慢地回答。

“现在呢?”

“找他谈谈。给他严厉批评。”

洪永奎不出声了,不过心里总不大服。

八

洪永奎被推醒时,阳光已经移到窗格子上。戈华告诉他说:营长刚才摇电话来,叫他到团部去一趟。

洪永奎用干手巾擦了擦脸走出连部,见战士们挤在大道旁指点说笑。他挤进人群,在杨占武和方志坚的后边站下。

大道上正在过俘虏。他们排成双行,垂眉搭眼地向松花江方向走去。每个人像是刚从灰堆里爬出来,脸上糊满尘土和硝烟。有的裤子烧破了,有的大衣给弹片崩了几个小孔,突出烧黄的棉花,也有的帽檐下突出绷带,包住了一只眼睛。他们是在镇上被俘的蒋匪军。

疲惫不堪的俘虏群后面,过来一辆三匹牲口拉的大车。车上坐着四个俘虏,一脸灰溜溜的神色,袖着手缩成一团。有一个颈上绕着有白斑点的黑围巾,下眼皮上有两道青色的深痕。车前车后走着一个班押送的战士。

大车一过去,方志坚抢到大道上,拉住个押送战士问:

“什么官儿?”

“一个团长,三个营长。那个围围巾的是团长,从他公馆里搜出来的。”说完就用小跑步赶上前去。

方志坚盯着大车,气愤不平地说:

“还让坐大车，真便宜了他们。”

杨占武嗤了嗤鼻子：

“不坐大车怎么办？这些当官的坐惯了汽车，徒步走十里地就要他们的命了。”

这话逗得四围的人哈哈大笑。洪永奎很满意战士们这种蔑视敌人的气概。他摆着长胳膊越过大道，向团部的驻地走去。

进入一个被炮火烧坏了几座房子的屯子，问到了团部的所在地。他喊了声报告，走进一间宽大的房间。

王树功团长坐在炕沿上打电话，那架半新旧的军用电话机就安在炕桌跟前，炕桌上堆满各种表册。团政委何建芳盘腿坐在炕桌和火盆之间，正在看一份报告，见洪永奎进屋，指着对面方桌旁的一张乌木凳子请他坐。那张方桌上也堆着各种统计图表。洪永奎刚坐下，团长正好打完电话，神采焕发地走到他跟前，拍了拍他的肩膀说：

“这一次你们二连干得不错！”

他从大衣兜里掏出一盒纸烟，抽出一支递给洪永奎。洪永奎站起身说：

“我不会抽。”

“哦！”团长眨了眨眼睛，“跟政委是一对模范青年队员。”

一九四一年，洪永奎参军的时节，正是山东敌后普遍闹灾荒的时节。当时上级号召青年队员戒烟，节约救灾。许多青年队员响应号召戒了烟。洪永奎本来不会抽，以后也就一直没有学会。那时候王树功团长还是营长，何建芳政委是副教导员。王树功虽然过了青年队员的年龄，也几次下过决心戒烟，终因敌人“扫荡”频繁，戒不了十天半月，一疲劳又抽上了。营长戒烟的故事当时战士们都知道。此刻旧话重提，洪永奎的心里立刻漾起亲切的感情。

王树功点着纸烟抽了两口，继续用满意的神情说话：

“你们揍掉了两辆装甲车，功劳不少！”

洪永奎抚弄着盒子枪的红穗，只是不说话。王树功弹掉烟灰，望着窗户说：

“可惜路连长挂了重花。”

在王树功的脑子里，本团连以上军事干部的长处，比方说谁长于攻击，谁长于防御，谁长于训练部队，他都记得有一本账。他素来看重路有德，谁知过江打了第一仗就受了重伤。眼前这一个，带一个排当然是个很好的排长，可是带一个连呢？他来回走了几步，背靠挂图停下，打量着洪永奎那张长着络腮胡子的方脸盘。这时何建芳政委手伸在火盆上问：

“新战士的表现怎么样？”

在这个团上，前前后后补充了将近两个连的翻身农民，他一直很关心这批新战士。他认为迅速提高他们的战斗力是个重要问题。

“在战斗上表现得还不错。”洪永奎想了想说，“有两个新战士抓了两个俘虏。”

“哦，那好得很哪！”何建芳来了兴趣，从上衣兜里抽出个黑皮小本子来。他有两个相连的习惯：一个是对什么问题都问得很具体；另一个是把其中的重要部分记在手册上面。

“不，有一个不能算，胆小怕死。”随后他把方世兴当时的情况简要地讲了一遍。

“他们叫什么名字？”何建芳在本子上记了几行，抬起头问。

“那个怕死的叫方世兴。人倒忠厚，就是脑筋不开化。他的老婆给恶霸地主糟蹋死了，在群众大会上他都不肯说。那一个叫方志坚，是方世兴的远房叔伯兄弟……”

“呵！那个方志坚倒有意思，叔伯哥哥的事儿也不隐瞒。”王树功插进来说，“方志坚？呵！是个细长个儿不是？”

“就是。”

“我一眼就看出他是个好小伙子，挺精灵，信心蛮大的样子。”

王树功团长的记性是全团有名的。凡是与他谈过一次话的人，不论隔多久，见面时就能认出来。看了地形，他能全部默记下来，一株小树都漏不了。

政委把黑皮本子装回兜里说：

“翻身农民是咱们部队的新血液，要好好培养教育他们。那个方世兴也不要难为他。”

洪永奎听政委也那么说，便把自己的看法提出来：

“我看方世兴是件白褂子上的黑点点，糟蹋了全连的名誉。”

“就算是黑点子吧，是一刀把黑点子剪掉好，还是擦掉它好？”何建芳平心静气地说，“听你说，他不是个受过冤苦的忠厚人吗？不要心急，自然也不要放松批评。你看怎么样？”

洪永奎在理论上同意了政委的说法，以为这件事就这样了。谁知政委又说：

“不过一定要使他知道自己不对。也要使全连都知道。”

“向全连宣布？”洪永奎有点弄不清头脑了。

“要的。不是难为他本人，是为了教育大家，也好让大家帮助他。”

这时传来一阵马蹄子的声音，响到门口就停止了。厚厚的蓝布门帘随即掀开，进来个穿蓝布大衣的中年人，脸上显得有点苍老，眼梢有几条很深的皱纹，精神却很饱满。他微微摆动宽阔的肩膀，缓慢地稳步走来。洪永奎赶忙站起来敬礼。他没有想到会在这里遇见师长。

师长李传纬跟每个人握了握手，用跟外貌不相称的洪亮的声音说：

“坐下！坐下！”

为了不使下属感到拘束，师长首先在炕沿上坐下。他脱去翻毛的黑皮手套，双手放在火盆上烤着，用深不可测的眼神盯着洪永奎。团长趁势介绍：

“这是二连副连长洪永奎同志。他们二连这次打得很漂亮。”

李传纬用几乎看不出的笑容对洪永奎笑了笑，摆了摆手，叫他坐下。王树功在方桌子上捡起一张统计表递给师长：

“这是全团的缴获统计表。老梁他们的缴获比我们多吗？”

“老梁他们”意思是指别的团。王树功在战斗结束后就想知道他们的缴获。他对本团的战绩是很满意的：这次缴获是出关以来最多的一次。师长没有答复他的问题，逐行地看完长串数字，把统计表塞进大衣口袋。

“咱们打的是便宜仗。兄弟部队打那个镇子可苦啦，伤亡不比敌人少多少，二比三。”

打得很苦这一点，王树功早就知道，只是我方的伤亡数字还是第一次听到。他惋惜地说：

“赚得不多啊！”

李传纬不以为然地摇摇头：

“他们打得很好！赚得也多！刚才我到镇上看了一遍，又是外围碉堡，又是中心碉堡，又是子母堡，里里外外总有一百二三十个，大部分都是钢筋水泥做的。那是美国顾问设计的工事，听说是最现代化的。顶个什么用，最现代化的工事也拿下来了！”他做了个嘲弄的姿势，脸上起了竖纹，只有跟他共事了十三年的团长，才能察觉这是在微笑。

李传纬讲话时静静地坐在炕上，声调也很平静，但洪永奎总觉师长那双深不可测的眼睛每秒钟都在转动，落在他的身上或是别人身上，搜索他们的反应。师长的话总是一下抓住你的思想，正像那双眼睛一样。他在战术训练班学习的时候，师长亲自兼着训练班主任，讲过几次课。毕业时作了总结报告，有一段话他记得最清楚："战术就是保证打胜仗的方法。它跟勇气和技术结合起来，最顽强的敌人也叫它垮台！现在我不知道你们谁学得好，可是将来我会知道的，战场是个最好的考验地方。"这一仗考验得怎么样呢？洪永奎自己没有把握。他似觉师长的眼光是在询问他："喂，你掌握了战术没有？"

师长的穿透一切的眼光又在每个人的脸上扫了一下，依然带着那种看不出的微笑说下去：

"咱们这一仗打得不坏，杜聿明挨了一巴掌。听纵队首长说，杜聿明正在调动南满的部队。消灭两个团是件大事；把南满的敌人调动过来，减轻南满兄弟部队的负担更是件大事。这就是说，咱们这次南下的战略任务初步完成了。"说到这里，他轻松地笑出声来，好像减轻的是他自己身上的担子。

王树功的思路落在另一个问题上面，敲了敲炕桌说：

"来得好啊！来了再消灭它几个团。"

李传纬瞟了团长一眼说：

"不要让胜利冲昏头脑。敌强我弱的形势并没有改变。"

王树功默然站起，叉着腰在炕前来回走动。空气变得有点沉重。李传纬用火筷拨了拨火盆，冲着王树功的侧影说：

"喂，拿些胜利品招待招待吧。一早起还没吃饭，有点饿了。"

王树功从皮挂包里掏出两封饼干，给了师长一封，另一封给了洪永奎。李传纬看了看涂蜡的封皮纸，把饼干伸向身边的团政委：

"看，连饼干也是美国运来的！那上面曲曲弯弯写些什么？你这个高中毕业生给解释解释。"

"十来年没有摸，早还给英文教员了。"何建芳含笑回答。

李传纬撕开封皮，递了几块给他的直属下级，自己咬碎了一块，慢慢咀嚼起来。他见洪永奎没动弹，就举起手里的饼干包劝说：

“吃呵！这是美帝国主义送的慰劳品，不吃就对不起人了。”

洪永奎笑着撕开封皮，往嘴里塞了一块，嚼了嚼，硬邦邦的，甜中带辣，也不见其好吃。

“战士们有什么议论？”李传纬吃了两块饼干，向洪永奎发问。

“战士们说：‘新一军是豆腐块块，不经打。’”

“那不对！说好打当然也好打，只要咱们战术对头，勇敢顽强，就不怕它全部美械化。可也不要把它当成豆腐块块，豆腐也要当铁打。还有什么？”

“大伙说要是一个班能发两支冲锋式就美气了。”

李传纬抖着宽阔的肩膀大笑起来，摆了摆手说：

“不用发急。美帝国主义是个大方的供给部长，加上蒋介石那个勤快的运输队长，他们早晚会送够数的。”

洪永奎渐渐觉得师长亲切起来。这时师长掏出那张缴获统计表，又细看了一遍问：

“伤亡统计表搞好了没有？你们全团确实伤亡了多少？”

“伤七十二，亡三十三。”王树功又从方桌上捡了张纸递给师长，同时加了一句，“敌我的伤亡对比是六比一。”

李传纬细看一遍伤亡统计表，闭起眼睛。粗短的眉梢挑了一下，突然张开眼睛说：

“伤亡大了。”

王树功的身子往后一仰，露出吃惊的神情，他没有想到师长会下这个评语。敌我伤亡六比一，这也是出关以后的第一次。

“前天我站在山顶上看，你们队伍往下冲的时候太密集。幸亏敌人没一点防备，来不及展开，否则我们的伤亡还会大得多。”

师长的话使洪永奎回想当时的情形，但他想不起来他的队伍是密集还是疏散，这说明当时自己根本没有注意这个问题。他低下了头，听见师长还在不紧不慢地说下去。

“从前在江西苏区打仗，铜号嘟嘟一吹，大伙就从四面八方涌上去，跟敌人拼刺刀手榴弹，这种打法不合用了。现在的敌人是全部美国装备，咱们不会运用战术就要吃大亏。有时候战斗的胜败就决定在多一个人少一个人上面；让敌人用一百次准确的射击来杀伤一个战斗员，不要让战斗员去碰上盲目打来的子弹。伏击战的伤亡六比一，不一定比攻坚战三比二高明。”

王树功素来尊敬师长。他在一九三三年参加红军的时候，十九岁的李传纬已经是他连上的副连长了。以后一直没有脱离过师长的领导。他知道自己的忠诚与勇敢并不低于师长，但要谈到军事素养就远不如师长了。他一直站在师长面前，静听着师长的话。他知道这就是指示。师长是惯常在随便闲谈中提醒下级的缺点，提高下级的能力的。他为师长的话吸引住，以至没有听到叮叮作响的电话铃声。

何建芳抓起耳机，只说了两句话，就把耳机塞给师长。

“谁？喔！……这么快？……才收到电报？……喔，我马上回来！”

李传纬搁下耳机，两手插进大衣口袋，慢步踱到五万分之一的大挂图跟前，粗壮的手指在地图上灵巧地比画了一下，转过身，不带表情地说：

“敌人这几天日夜从中长路运兵北上。长春的敌人有出动模样。咱们决定撤回江北。”

王树功全身抽搐了一下钉在炕前。李传纬仍用平静的声调说：

“打运动战就是这样，进进退退，找机会吃掉敌人。我们吃掉了敌人两个主力团，同志，不要小看这个胜利，敌人的锐气已经打下去了。机会一来，再吃掉它几个团，磨到敌我力量起了变化，那时候就用不着撤退了。”

李传纬戴上手套，踏着跟进来时一样稳重的步伐走了出去。团长和政委把他送到门外。

洪永奎一时理解不了师长的话，两手捧脸埋在凳子上，心上像爬着一群蚂蚁。不知道过了多久，背上按下一只手掌，听见何建芳政委平静的声音：

“洪永奎同志，你已经不是排长了，你得掌握全连的情绪。撤退是为了下一步能进。到江北休整一下，添些本钱，歼灭敌人就更有把握了。”

洪永奎相信上级的话，不过情绪上总拐不过弯来。他满怀希望地问：

“新连长什么时候来？”

“团党委研究过了，师党委也同意：由你代理连长。”

团长的简短回话惊得洪永奎跳起身来，连连摇手说：

“我干不了。”他说的是实心话。他确是觉得自己能力不够，比路连长差了老长一截子。

“学嘛，谁都不是刚出娘胎就会打仗的。”团长手一挥，向挂着皮挂包的墙跟前走去。

洪永奎正想再说些理由，何建芳政委说话了：

“这是党的决定！”

听到这几个字，洪永奎重新坐下。这时王树功从皮挂包里掏出本薄薄的油印本子，塞到洪永奎手里：

“拿去看吧。好好研究一下。”

洪永奎一看磨破了的封皮，上面写着：《运动战术》。

团长和政委把他送到门外。团长最后叮咛他说：

“把二连带好。有事多跟指导员商量。”

天阴了，灰云从西北方推过来，压在头上。洪永奎的心上起了一种沉重的感觉。这是参军六年来第二次感到自己责任的重大。第一次，是在党分配他去搞土地改革工作的时候。

九

代理连长洪永奎带着二连回到松花江北岸。连队作了一番整理，开始练兵。他白天上课，参加演习；晚上在豆油灯下准备下一天的课目，连刮胡子的时间都找不出来。上边越抓得紧，战士们的情绪越高。

这天近午，二班同志正在屯外分组演习战术，通信员苗得雨张着手跑过来，边跑边喊：

“方志坚！方志坚！你爸爸看你来了！”

李进山从坟背后探出头，挥着手叫：

“你先回去吧。待会陪你爸爸到班上来玩。”

方志坚走得很慢，说不出心里是喜是慌。到了部队以后，他被全新的生活迷住。要学习的东西太多，脑子里装新鲜的事儿都装不下，哪有时间想家里的事情。迨一听说爹来了，过去的事儿陡地涌了上来。眼前立在屯口的那间茅屋，好像也变得跟他家的房子一样大小，一样形状了。

他走进连部，一眼看到个熟悉的背脊。虽然绷在背脊上的那件九成新的黑棉袄过去从没见过，还是一下子认出了那是他爹的背脊。他爹在有说有笑地跟指导员谈话。他低唤了一声：

“爹！”

一张熟悉的核桃脸转过来。

“胖了！胖了！”说罢把手里的烟管一撂，腾地跳下炕来。

爹也胖了，脸上的皱纹就浅了一些。穿上那套九成新的黑棉袄裤，特别是戴上了那顶崭新的灰狐皮帽，比过去干净多了，也就显得年轻了几岁。虽然离家不到三个月，却觉得他爹有点陌生，好像三年没见了似的。他爹心里却是另一种感觉，站在跟前的那个细长的年轻人，好像一直没有离开过自己。不对，是自己一直站在孩子的跟前，没有离开过他。

“咱们部队能调理人呢。”戈华向客人夸耀了一句。

“可不是！”客人笑得眯起眼角，拉起孩子的手细细端详。

戈华在炕桌上拿起一叠纸张，跳下炕说：

“你们父子俩好好谈一谈。”

等指导员一走，他爹冲到炕前，解开一个布包，抽出一件厚厚的衣服塞给儿子，密扎扎的针线缝里透出崭新的棉花丝丝。

“喏，你娘给你制的棉背心。”

方志坚接过棉背心，摸了摸，往炕桌上一放。

“你怎么找到部队来的？”

“我怎么找来的？哼！”他爹朝炕上一坐，哗啦啦地打开了话门，“你呀，飞出去就忘了家啦，连信都不写一封。我看了世兴的家信，才知道你们两个都在一个连上。这回打听得部队回来了，我就瞅空子跑来看望看望你。”

“连上忙得很。再说只打了一回仗，没啥说的。”

做父亲的盯了儿子一眼，重新拿起棉背心塞给孩子：

“你穿穿看。看合身不合身。你娘连赶了两个晚上。”

“娘还能不知道我的身量？”方志坚打开棉背心贴胸比了比，又放在炕桌上。

“穿一穿怕什么，上面又没长刺。你胖啦，要是穿不上，带回去叫你娘给放一下。"

方志坚扑哧一声笑了：

"等你放大了再拿来，说不定咱们又消灭反动派两个团了。还是老眼光。"

"老眼光？"他爹不服气，"只怕你猜错了。不瞒你说，我在路上就打定主意，先看看你打得怎么样。要是临阵退缩，我还打算原样带回去呢。听指导员说你还抓了俘虏，真的？"

方志坚随便应付了声，问起家里的情况。他爹拍了拍身上的棉袄说：

"看这身穿戴，是你离家后农会给分的。你一走，政府照顾得可周到哩。过大年那天，区政府送来一袋洋面、两只老母鸡，还给咱们几家军属挂上光荣灯，红堂堂地亮了一宵。年初一，小学校、区上的秧歌队都扭上门来，锣鼓唢呐半天不断。妇女会也来送花，把你娘插了一头纸花。你娘笑得合不拢嘴，舌头都结住了。往常过年，哪有这么热闹啊！"他爹眼睛水亮，脸孔变得更年轻。他歇了口气又说："元宵节后一天，农会开了个会，号召今年好好闹生产。主任说要成立代耕队，先替军属代耕。我说不用了，我能顶一头牛使唤呢。农会硬不让。孩子，人总有颗心呵，我决心今年侍弄好那两垧地，多交些公粮，也算是对政府一点报答。"

他从炕上捡起那根绿玉嘴的旱烟管，装上一袋旱烟，方志坚给划着火，便吧吱吧吱地抽起来。抽完了，又装上第二袋。一抬眼望见挂在对墙上的毛主席像，他就把烟管一撩说：

"忘记告诉你一件要紧事啦。大年初五，区长亲自上门问我有啥困难。我跟他说，'啥也不缺，单缺一张毛主席相片。'没想到过了几天，他真的送来一张毛主席相片。我用厚纸裱了挂在墙上，早早晚晚都看着他。孩子，打上几个好仗，让咱们的毛主席欢喜欢喜。"

门帘掀开，走进一个人来。人还没看真切，招呼可听真切了：

“永春叔！什么风把你刮来的？”

“啊呀老洪！”方永春向来人扑过去。

方志坚站起来说：

“他是咱们的连长了！”

“呵呵！当了连长了！”方永春两手搭上洪永奎的肩膀，踮起脚尖，直往他的脸上端详。“还是满脸络腮胡子，没变。还背着大枪来回跑吧？”

“不跑怎的！”方志坚插话说，“一会儿上这班，一会儿上那班，不过大枪换上驳壳枪了。”

方永春摇摇头说：

“老脾气统没改。”

洪永奎在屯里工作的时候一直很尊重方永春。这个方家窝棚出名的倔汉，咬着牙齿，不声不哼地受了三十多年苦，把地主白增福的罪恶一件件都刻在心里。工作队一到，他第一个出头露面，把地主的罪恶全盘倒了出来。以后做什么都站在头前，成了洪永奎的得力助手。因此一听说他来到的消息，洪永奎立地从三排赶回来，一方面想会会这个老朋友，一方面也想了解了解屯里的工作。他把客人拉到炕上，自己也盘腿坐下：

“永春叔，你的儿子有出息，打仗勇敢……”

方永春眯起眼睛，抢过对方的话：

“听指导员说，他跟方世兴抓了两个‘中央胡子’。”

洪永奎的眉毛打了结，冲口说了句：“方世兴打得不好。”

“怎么？怎的？”方永春连声地催问。

洪永奎便把方世兴在战斗中的表现讲了一道，话没落音，可把方永春惹恼了，脖颈一挺说：

“他家受着百般优待，他倒做出这号事来！咱们方家窝棚的人，脸子往哪搁呀？”

“咱们正在帮助他进步。”

“黑老鸦到哪都变不了白鸽子。”

“你信得过我，就听我的。”

“罢罢，出门随师傅。反正我又不是他的亲老子。”一扭身对方志坚说，“你要是敢做出那号事来，你的脚别想再踩进咱家的门槛！”

方志坚昂起头笑了笑，没有搭理父亲。方永春见了儿子的神情，心里很满意，点着旱烟吸了起来。

屋里浮起一圈圈淡淡的青烟，洪永奎冲着烟雾问：

“屯里的工作怎么样？”

方永春敲掉烟锅里的白灰，露出结实的门牙，乐滋滋地笑将起来：

“有个规模了。前些时候组织闹生产，家家都订了计划。前几天组织担架队，农会一咋呼，两天内就足了额。我本想报上一名，农会主任说：‘算啦，这是年轻人的活儿。’你听，这算什么话！我的牙齿还咬得碎豆粒子，他倒说我老了！作难的倒是足了额，插不进去，只好待下次了。”

洪永奎劝慰他说：

“你安心完成生产计划就是了。前方有咱们年轻人顶着。”

方永春不以为然地摇摇头：

“前方总比后方重要。”

方世兴搓着手急匆匆地走进来，翻起的黑羊皮领子埋了半个脸。他在屯里虽有点害怕方永春，此刻一看到，顿觉亲近起来，终究是自己屯子里的人啊！他亲亲热热地叫了声“二叔”。

二叔却稳坐在炕上动也不动。方世兴挨到炕跟前说：

“二叔，咱家的兄弟都好吧？”

“好，都好！你也好吧？”

“也好。”方世兴瞟了瞟连长，怯生生地回答。

“不见得吧，怎么倒见瘦了？听说你想回家？”

见二叔的眼光像麦芒似的对着他，方世兴半吞半吐地说：

“我不过是想回家看看罢了，顺便把家整理一下，怕他们侍弄不好那两垧地。”

“叫你家老三顶你好不好？世旺人小志高，倒挺愿意一心一意扛枪打敌人呢。”

看来，眼前的二叔还是过去的二叔，你听他讲话直通通的，一成没变。方世兴初来时那股热劲儿退了一大半，退缩了一步，钉在地上。

方永春扫了扫喉咙，坐正身子数落起来：

“地啊，家啊，都用不着你操心。军属家里都有代耕队代耕，农会把你家排在第二号上。你二弟叫我捎话给你，叫你不要挂念家里，安心打反动派。我也送给你几句话，听不听随你。‘上阵要勇，杀敌要狠。’”

方世兴听出话里有话，脸埋在大衣领子里不再作声。自从指导员找他个别谈话，连长在军人大会上宣布他的错误以后，回家这件事也没敢再提，可是心里的疙瘩终没解掉。这就是：自己是长子，虽说参了军，让弟弟成家立业这份责任还在身上；再说还有四海这孩子在，也得看他长大成人呵。现在这些想法又在脑子里团团打转，就是讲不出口来。过去既然没敢对连长指导员谈，现在在烈性的二叔面前更不好启口。

号音把他惊醒过来，再一听是吃饭号音，他忽觉周身轻松，急忙向连长敬了个礼，就跑步似的走了。洪永奎叫他吃了饭走，他也没回声。方永春对着他的背影直摇头。

“唉，都没有变。凤凰还是凤凰，乌鸦还是乌鸦。”方永春叹息了一声，让烟雾把自己包围起来。

戈华进来了，收拾着炕桌上的东西说：

“吃吃咱们部队里的便饭。”

小苗拿来了碗筷，端来了饭菜。饭是小米饭，菜，除了一大碗山药蛋汤，还有一大碗炖鸡蛋，一碗炒鸡蛋，一碟大酱。洪永奎把客人拖到上位，叫方志坚坐在他爹的对面，自己和戈华在两边相陪。他夹了一大块炒鸡蛋放在客人的饭碗里，抱歉地说：

“这一带买不到猪肉，将就吃些吧。”

方永春也不客气，端起碗来就吃。

吃饭时方永春的眼光几次射到儿子的身上。他看起来简直跟老洪一样壮实，一样有气魄。你看他慢吞吞地吃着饭，好像操着很大的心事。不是吗，儿子已经上过阵、抓过俘虏，再不是小孩子了。他越看越爱，端起大碗，在饭碗里倒了些山药蛋汤，自在地吃起来。那边，戈华也夹了一大块油喷喷的炒鸡蛋放进他的碗里。他也不推让，倒夹了一块给他的儿子。

“把敌人消灭完了，上咱家去玩。”方永春吃到半中间，嚼着饭菜，挥舞着筷子，热心地对洪永奎说，“区政府送给咱家两只母鸡，志坚他娘成天操心喂着它们。春气一动，眼看快下蛋了。那时节也吃吃咱家的炒鸡蛋。说来好笑，志坚他娘真会盘算，她说还要买只老母猪，养猪养鸡，好好活上二十年。我的计划可比她大多了，我说，我打算再活它五十年，活到，活到社会主义社会哩！”

戈华一边笑，一边纠正他的话：

“只要大家努力，到社会主义社会要不了五十年。”

“那更好哇。能在社会主义社会里活上一天，我就心满意足了。”

吃完饭，窄小的连部里顿时热闹起来，二班同志，五班同志，三三两两地进来慰问。方永春嘻嘻哈哈地跟大伙闹在一块，谈东说西，还插上几句鼓励话，逗得几个年轻人不愿走开。要不是上操号把他们拉走，就会变成知己朋友了。他跟连长指导员又扯谈了一阵，望了望映在阳光中的窗纸，捞起炕头上的老羊皮大衣往身上一披说：

“我要走了。”

“不行，不行！住几天再走。”戈华一把拖住客人，“房子都给找下了。父子俩好好谈一谈。”

“来一趟不容易。不住几天还行！”洪永奎也在一旁挽留。

方永春连连摇手，竖起个大拇指往窗户一指：

“好老洪哩，同志们都在忙着练本领，我也得赶回去积粪修犁耙，不能再耽搁了。看到了孩子，要讲的话都讲尽了，我还赖在这里干什么！老洪，你知道我的脾性，要留你赶不走，要走你拖不住。”说罢爬下炕来，顺手捡起炕上的棉背心塞给儿子。

戈华和洪永奎坚持留了一阵，还是留不住。他把送的人都拦在门口说：

“指导员，老洪，你们是一连之主，好好管教管教他们。反正我把志坚托付给你们了。”

“我送你一程。”方志坚低声说。

“你们回吧，我要跟儿子再讲几句话。”方永春硬把戈华和洪永奎推进门里。

方志坚挟着棉背心，跟着爹一路向屯头走去。走在一块，做父亲的又没有什么话讲了。他们走得很慢，靠得很紧。风卷着雪粒子打上他们的脸孔，方志坚不声不响地把他爹的大衣领子竖起来。走了一会儿，方永春才开口：

“下回打了好仗，千万写信来啊！”

方志坚点点头不说话。平西的太阳映出两个并在一起的长长的影子。

父子俩刚到屯口，背后有个怯生生的声音喊“二叔”！方永春回过头，见方世兴喘呼呼地赶上来。

“二叔，到了哈尔滨，给我探探四海。”方世兴费了老劲，才把这句话逼出口来。

“你不说我也会去的。”方永春同情地说，然后扫了儿子一眼，“都回吧，下次战斗多抓几个‘中央胡子’，屯里人就盼望这个呀！”

待方永春独自走出老远，方志坚圈着嘴喊了一声：

“叫娘放心！”

十

方志坚他爹要是晚来五天，就会空跑一趟。他还没有回到家，队伍又出动了。捎来的棉背心正合时，可惜稍为窄了一些。

方志坚有个想法：自己打过一回仗，再不是新战士了。因此一路上拒绝别人替自己背枪；到了宿营地就洗脚，烤毡袜，烘靰鞡草，睡觉，再不用别人督促；出发前忘不了喝一碗开水，在道上也不再惦记走了多少路，还得走多少路。总之，在行动上也确实跟老战士差不多少。

跟上次下江南的情况一样，"还乡队"在屯子里结束了土皇帝的生活，脚底心抹油，溜进了大小城市。

一营经过小许屯时正是中午，队伍在屯口休息。趁这机会，方志坚拉了杨占武，特地跑到许大嫂的家去。谁知门上了锁，贴着个斜十字封条，叫来叫去没闻应声。上次她把丈夫的军装拿出来过，那套军装是反动派追了好久没有追出来的。要是反动派知道了，母子俩还能安安生生过日子吗？一个妇道，一个孩子，难道也会用绳子给绑到十字扁担上去？两个人虽都有这个想法，却谁都希望这不是事实。

他俩跑到窗子跟前，从破窗纸孔里望进去，里面空落落的，只有那张破炕席还摊在炕上。杨占武跳着双脚，把反动派"还乡队"

骂得狗血喷头。

俞国才跑过来招呼：

“队伍要走了，你们还在这里干啥?”话虽那么说，他自己仍然一直跑到许家门口，一见那把锁和同志们的神情，他捏紧了拳头，“打响了绝不能放过一个敌人!”

然而没有打响。队伍每天走七八十里地，常常变更方向，有时甚至倒折回来。日子就这么一天天溜过去。胜利的消息倒不断传来：我军歼灭新一军一个团！我军解放九台！……可是这些仗都是别的部队打的。本师为什么没有战斗呢?

实际上本师是在战斗，团以上的干部都明白这个道理。上次我军一撤回江北，杜聿明又把增援北满的部队匆匆调回南满，继续进攻我临江地区，实现他的“南攻北守”的计划。我军的对策也没有变，就是再一次去“调动”敌人，尽量歼灭敌人的有生力量。这个穿插在长春和吉林之间的师虽然没有战斗，却跟别的部队一样，同样打乱了杜聿明的部署，迫使他不得不抽出进攻临江地区的一部部队和全部机动兵力，又一次循着中长铁路匆忙地开向北满。杜聿明本人也被逼着离开温暖的沈阳行辕，赶到冰天雪地的北满前线。

在东北人民解放军的总部里，一个大规模的战役计划制定好了。于是部队接到了撤退的命令，他们这个师也一起撤退。

在通向松花江的道路上，人民解放军的队伍整齐地大踏步地后退。在背后，骄傲的杜聿明率领着骄傲的美械化部队，毫无顾忌地分路向松花江前进。白天，空中盘旋着美制飞机；夜晚，照明弹、探照灯和曳光弹刺破了黑暗。

二班同志这几天好像陷在梅雨天里，心里发烦。方志坚甚至下了决心，要是他爸再来找他，他宁可躲着不见面。对洪永奎来说，这是他当代理连长后的第二次撤退，他竭力克制着自己的情绪，跑前跑后鼓励部队。他明白自己的责任。

这晚上正走着，听到迎面传来一阵橐橐的马蹄声，前面的队伍自然而然地偏到一边，战士们清清楚楚地看到一群马队奔驰过来，打头的那个军人穿着翻毛短筒靴，蓝布大衣角在身后飘动，他骑的那匹跟雪一样白的蒙古种马半昂起头，四蹄踢起雪花，飞快地跑过来。跑到洪永奎跟前，那个中年人一勒缰绳，略微弯下身问：

“团长在哪？”

“在后面！”洪永奎立正回答。

就在这时候，杨占武拉了下方志坚的军衣下摆说：

“师长来了！”

方志坚只来得及往师长的脸上望了一眼，师长又勒着马跑起来，一边向让道的队伍点头微笑。马队迅速地经过，当方志坚二次回望时，他们已经给重新走到大道中间的队伍挡住了，只听到隐隐约约的马蹄声在原野上回响。他懊恼没能看清楚师长的脸，悄悄地问：

“师长多大年岁了？”

“不知道。反正咱们两个人加起来就差不多了。”杨占武顿了顿，感叹地说，“咱们说走路就走路，啥也不用操心。他呢，断不了每分钟都得想问题，当个首长真不容易。”

“跑得那么急，该不会有什么事情吧？”

“但愿叫咱们转过屁股去打就好！”

刮来一阵雪风，战士们隐约地看见前面是白光光的原野，那雪风好像就是从那里冒起来的，杨占武揉了揉眼睛，叫了起来：

“呵！到了松花江了！”

可不是，走不一会儿，白茫茫的静止的松花江就横在他们的面前。冰层上压着厚雪，队伍走过的地方滑得像毛玻璃一样，有的地方冻裂了，竖七倒八地划着线纹，风刮来更加阴人，冷气透过毛巾钻进鼻孔，好像有把刀子在挖。方志坚捂住鼻子，甚至从手套里也冒出股冷气。脚趾头也慢慢麻木起来。他猛然想起师长那双挎在马镫上的翻毛皮靴，能挡得住寒气吗？他为师长的身体担起心来，止不住又回头张望，但望见的只是无尽头的队伍。

师长李传纬这时正跟王树功站在离大道不远的雪地上。由警卫班组成的马队也都下了马，牵着喷气的马匹在雪地上溜达。经过的队伍都用好奇的眼光往那里望，却一点听不清他们在说什么。

"光我们的师顶住敌人？"王树功兴冲冲地搓着手掌，皮手套发出轻轻的响声。

"别的师另有任务。我们不是白白退回来的。"

"这，我知道。"王树功会心地微笑了一下。

"这回敌人匆匆忙忙往前赶，防线拉长了，屁股后面留了不少空隙，咱们趁这个机会再吃掉它几个团。你们虽然是侧翼，敌人也会进攻的。"

"我马上去布置队伍。"

"一到目的地马上修理工事，准备战斗。一定要顽强地守住阵地，不能让敌人打进我们一个村子。"

"是！"

"我找老梁去了，这家伙一定也在后卫。"李传纬迅速地走向公路，一个体格匀称的年轻人马上把那匹白色的蒙古种马牵过来，他一纵身翻上马鞍，稳稳地坐在马上，向着绵延数里的队伍驰去。那群马队紧紧地跟随着他。

王树功和他的警卫员也跟着上马，奔向相反的方向。他几乎把头埋在马鬃上。当他越过了冰雪茫茫的松花江，从二班身边擦过的时候，杨占武眉开眼笑地说：

“准是有情况了。咱们准备着吧。”

就在离松花江不远的一带小村庄附近，王树功的团停止下来。那里原来就有挖好的防御工事，战士们铲掉几乎把壕沟填塞起来的雪，对某些工事作了加修。李进山的班在拂晓时分刚刚进入村外的阵地，远处响起激烈的枪声，天空中出现了闪闪忽忽的照明弹，显然是敌人的先头部队和我们的正面部队接上火了。

激烈的枪声不停地响着，远处的天空逐渐变红，俞国才的阔背靠在壕壁上，卷上支老粗的卷烟，不声不响地连续抽起来。

风一阵阵加紧，刮得雪珠子不断地往壕沟里落，杨占武拂去脸上的雪珠子，裹紧大衣，喃喃地说：

“人家享福，咱们受苦。”

“你说什么？”俞国才的背脊离开壕壁。

“人家打上了，多美气！咱们在这里喝风雪，干着急。”

“这叫苦？”

“不苦？来回过了两趟江，没好好打上敌人。这回又把我们放在侧翼，子弹都在枪膛里叫苦了。”

“少说几句，留些精神打敌人吧。”俞国才把半截烟头往沟沿上的雪堆里一插，嗤的一声，烟头熄灭了。

杨占武又细细听了听枪声，解开干粮袋，倒出一个苞米窝窝头，费劲地啃起来。它冻得像石头一样，含在口里好一会儿，才能化软一小块；刚一离嘴，湿了的地方马上结了一层薄冰。方志坚憋闷得慌，也掏出一块干粮来慢慢啃嚼。

星星稀少了，跟雪连在一块的灰蒙蒙的天空，慢慢放亮，几棵独立树的轮廓显出来了。

杨占武好容易啃完一个窝头，又掏出第二个往嘴里一塞，“当”一声把牙齿碰得生痛，他赌气地把窝头放回干粮袋：

“不吃倒好。吃了肚子反倒饿了。”

“别说话！”俞国才猛一挥手，耳朵贴在壕沿上听了听说，“听见没有？”

方志坚照组长的样听了听，地面上果然有微微震动的声音。

俞国才直起腰，手遮住眉毛，往四处瞭望。在左前方，好像有个铁球在慢慢往前滚。他急忙转向方志坚：

“快去报告连长：坦克来了！”

方志坚刚刚跳出壕沟，一个中等个子的人从村头上冲出来，一手拿着望远镜，挥着另一只手，用洪亮的声音高叫：

“准备集束手榴弹！”

一看那件蓝大衣，方志坚就认出是师长了。他不知道应该继续去找连长，还是回去执行师长的命令。正犹豫间，见村里又冲出个人，拖住师长的胳膊就往后拉。他认出了那是团长。师长把他的手推开，又跑了两步，俯着上半身用更大的声音喊：

“同志们！我命令你们一定要打住坦克！坚决打呵！”

就在这时候，方志坚的背后响起炮弹的爆炸声，他回转身，见雪地上冒起一股黑色的烟柱，听见洪永奎的劈山裂地的吼声：

“一、二排准备打！三排供给手榴弹！”

他知道用不着再报告了，几步蹿回壕里。俞国才正在用绑腿捆扎手榴弹，头也不抬，一边缠一边闷声闷气地说：

“快把手榴弹给我！”

方志坚把自己的手榴弹递过去。

隆隆的履带滚动声听得很清楚了，李进山满脸铁青，顺着壕沟跑过来：

“方志坚！把三排的手榴弹往前运！快！快！”说罢提上捆好的手榴弹走了。

从师长到班长一连串的行动中，方志坚知道情况的严重，他飞快地跳出壕沟，奔向后面三排的阵地，一长串机枪子弹打在背后什么地方。他仍旧飞跑着，似觉能不能打住坦克就靠自己能不能完成任务了。

忽然听见师长在什么地方吼了一声：

“姿势低一些！”

方志坚连忙躬下腰，跑到三排阵地。也不知从什么人手上接过几捆手榴弹，猛劲儿往回赶，眼睛竭力望着地下，快跑近壕沟时，不自觉抬头望了望前方，第一辆坦克已经驶到二百米距离以内。他紧跑了几步跳进壕沟，头上好像刮过一阵风，打起的雪从沟沿灌进他的头颈。他跳出来又往三排阵地跑，四围的雪扑哧、扑哧乱响，在越来越近的履带隆隆声中，响起了集束手榴弹的巨大爆炸声。

在不知什么地方，传来师长近乎嘶哑的声音：

“打履带！往履带下面打！”

他第二次捧着几捆手榴弹跳进壕沟时，见第一辆坦克正在前面三四十米处打转，车头上冒着黑烟，第二辆吼叫着从后面冲上来，冲过一团一团的烟雾，发疯似的扑了过来。

俞国才提着两捆手榴弹，呼一下蹿出壕沟，笔直地对着坦克冲去，即使他长得这样高大，在坦克面前也显得矮小了。他跑了几步，投出一捆，不等爆炸，就扑到雪地上爬行过去，一声巨响过后，他滚进了烟雾网里，再也看不到他了，坦克仍在缓慢地前进。

方志坚死瞪着滚过来的坦克呆住了，有人气吼吼地从他的手里夺走了两捆手榴弹，他一看是班长。李进山下巴哆嗦着，脸全变了样，腾地蹿了出去。

突然崩天裂地一声响，第二辆坦克往起一跳，浑身起火，瘫痪在地上了。

“跑了！跑了！”

“狗日的跑了！”

四围起了惋惜的喊声，方志坚发现后面那几辆坦克已经转过头，炮塔转了个向，胡乱地打着炮开回去了。等他转眼去找班长，班长也看不见了。正在惊疑间，在原地打转的那一辆也在新的爆炸中老实下来，它被熊熊的火焰包围着了。

紧贴着胸墙的杨占武，猛一把抱住了方志坚：他看见班长和俞国才跑过来了。

他俩刚进壕沟，立刻给包围起来。俞国才的大衣裂了几道口子，一块地方烧煳了。脸漆黑，呼哧呼哧地喘气，吐着雪末子，同志们的话好像全没有听到。洪永奎跑过来，用严厉的叫喊把人们赶回自己的阵地。

“挂花了没有？”跟着急促的声音，师长也在壕沟里出现，后边跟着兴奋不安的王树功团长。

俞国才瞪着师长，用手指掏着耳朵。

“你们打掉的不仅是敌人的坦克，还打掉了敌人的士气。是的，我们要敲掉敌人的那股狂劲儿，使敌人知道我们的厉害，害怕我们！”李传纬说话时面对着洪永奎，声音却放得很大，就是老远的地方也能听到。

“就怕碰不上呵，碰上了，就得削掉它的胆！”有人大声地回喊。远远近近的壕沟里，响起快乐的笑声。

俞国才的耳朵一直在隆隆叫，掏摸了一阵没见效，抓起一团雪搓成个长长的雪团，一口一口往嘴里咽。

“让他到后边休息休息。”李传纬疼惜地望了望他，吩咐洪永奎。

“你下去吧！”洪永奎对着他的耳朵大喊。他偏着头，露出苦恼的神情。洪永奎大声重复了一遍，他摇摇头，笑着，又啃了一口雪团。洪永奎无可奈何地指了指他的胸口，又指了指村庄，俞国才霎时扔掉咬剩的雪团，宽阔的胸脯一挺，喊叫起来：

“报告连长！我没有挂花！”

李传纬指了指他的耳朵。

“这算啥，上次四平战斗震得还厉害，班长知道。”俞国才焦急地望了班长一眼，仍然喊叫着说，“我的手，我的腿都管使！打坦克，听不见倒好些。”他伸了伸胳膊，抬了抬腿，猛觉自己的行动有点过分，脸一红，立正了。

李传纬握了握俞国才的汗津津的大手，转向洪永奎：

“那就让他留在这里吧。大概是，赶也赶不走他。”

洪永奎微微一笑，他也早看出了这一点。王树功用袖口抹去俞国才脸上的雪末烟尘，把他按坐在地上，递了支纸烟给他。

李传纬贴着胸墙望了望，坦克已经跑得没有踪影，雪地上飘着消散下来的烟雾，独立树上的雪都震掉了，露出褐色的枯枝。

“坦克再来了怎么办？”他用试探的口气问身边的洪永奎。

“打哇！”

“打不掉呢？”

“怎么会打不掉？”洪永奎用诧异的口气说，“那不是打掉了！”

师长喜欢部下那种坚定不移的信心，嘉许地点了点头。

“要有组织地打，不要让战士们乱跑，随便行动。”他的尖利的眼光转了转，找到了方志坚，“要是敌人的机枪手高明一些，你就没命了。同志，在火线上跑路不比行军。”

方志坚低下头去。

“要组织投弹投得远的同志在前面打。离远了不要乱打。坦克不可怕，可怕的是队伍混乱。唔，老王，走吧。”

王树功正在蹲着跟李进山谈话，听到师长的招呼，急忙站了起来。

李传纬走了两步，经过俞国才和李进山的身边时，指了指他们说：

“老王，不要忘记给他们记功！”

“我算什么，在死老虎头上打了一棒子，”李进山跟在师长背后争辩地说，“班上的战士也没教育好。”

师长好像没有听见，由团长相伴着敏捷地走了。

李进山拉住方志坚的手说：

“坦克一来，那履带好像碾在我心上似的，压得我透不过气来。当时我急眼了，光顾给你下命令，没告诉你注意隐蔽。是我不对。”

方志坚根本没想到班长会说这样的话，一下转过脸去。他替班长难过。如果看着班长，他准会哭出来的。他狠狠地责备自己，为自己的不注意感到痛恨。他第一次感觉到自己的一举一动不但要对自己负责，还要对别人负责。

十一

王树功送走师长，走回团指挥所，何建芳从屋顶上爬下来迎接他，胸口上沾满晶亮的雪：

“刚才我真怕你们……”

“我倒不要紧，”王树功接过话说，“就是师长。唉，他还是这样，一到紧要关头，就顾不得自己了。我们正在瞭望前沿阵地，一转眼，他就从观察所爬下来，噔噔地跑出去，追也追不上。”

走进暖烘烘的房子，何建芳拍去身上的雪，往炕上一坐，把火盆移到炕桌跟前。王树功把戴着手套的手往上一伸，沾在手套上的冰珠化了，嗤嗤地在火盆里发响。

警卫员端来了一盆洗脸水。王树功站起来，在屋里踱开步子，猛一下站在政委面前：

“你看，敌人在搞什么名堂？正面的枪声停了好一会儿了，这里也再没有动静。是在准备第二次进攻吧？”

“可能！”

王树功向各营通了话，要他们提防敌人的进攻，然后又踱起步来。如果不让腿子活动活动，他会睡过去的。在往回撤的连续几天的急行军中，他没有好好地睡过觉。

“水凉了。”何建芳笑着提醒他一句。

“唔啊！”王树功踱到脸盆跟前，水面上已经结了些冰花，他掳起袖管，弯下腰，用冷冰冰的水冲了冲头部，脑子清醒多了，全身都来了劲儿。他伸了伸胳膊，就像刚从床上爬起来似的。

“坦克来了！”屋顶上传来叫喊，随着接连几声轰响，窗户剧烈地震动起来。

王树功一句话没顾得上说，连手套也不戴，急忙地冲了出去。何建芳捡起手套，叫警卫员给他送去，自己也跟着出门，顺梯子爬上屋顶，果然坦克又出现了。四辆坦克每辆相隔半里来地，排在老远的地方一股劲儿打炮，却不敢驶过来。雪地上腾起一道道白色的烟柱。开头他望不见团长，团长给前面的房子挡住了。过了好一会儿，才见团长从一个壕沟里钻出来，隐隐约约地挥着手，钻进另一个壕沟。

坦克停在原地歇歇打打，足足打了两个钟头。这期间，他有三次不得不飞快地爬下去接师长打来的电话。团长是在坦克退走以后，才气呼呼地赶回来的，劈头第一句话就是：

“狗日的，就欺侮咱们没有反坦克炮！”

当王树功向师长报告情况的时候，何建芳从侧面望过去，老伙伴的脸上油光光的，腮帮子上的肉好像给切去了一块，突然凹了进去。颧骨就显得特别高了。待王树功放下耳机，他劝说：

“躺一会儿吧！”

“我上二营去一趟。”王树功把政委伸出来的手按在炕桌上，“回来一定睡，一定。”

半个钟头以后，王树功回来了。屁股刚贴上炕沿，感到那热炕确实有股诱惑人的力量，他和衣一倒，就不想再动弹了，合上了疲乏的眼睛。他觉着胸口压上个柔软的东西，知道是政委给他盖上了被子，他也懒得动弹。然而他睡不着，这一定是忘记一件重要的事情了，他思索着，终于想起来了，一欠身，让被子滑到炕上，一

看政委不在,他抓起电话机子:

“要一小队!一营长?队伍吃上饭了没有?一定要让战士吃顿热饭呵!检查检查。啊啊,是这样。”

刚放下耳机,何建芳拿着几份报告轻脚轻步地走进来。他瞟了瞟政委说:

“原来你督促过了。”

“什么?”何建芳用责怪的眼光望了望他,“你又起来干什么?”

“一想起他们有三天没沾米饭,我心里就难过。”

“是呵!”何建芳不经意地把一只手伸在熄了的草灰盆上,“那几天敌人逼得太紧。往后无论如何要保证让连队一天吃顿热饭!我刚才已经跟四参谋研究过了。”

“我们的生活真是越来越简单了。战士呢?更简单。累了有个地方躺,饿了有东西塞肚子就行。刚才他们在壕沟里啃干粮,看了叫人心疼。”

“尽管他们说:‘打上仗比吃热饭还香!’营养太差了终究影响打仗呵!”何建芳沉思地说,那只伸在火盆上的手忽然微微震了一下,“我就想象不到南满的兄弟部队是怎样坚持下来的。我们到底还有个广大的后方。他们呢?要是没有共产党领导,什么样的军队处在那种环境中都生存不了。”

一提起南满兄弟部队,王树功的瞌睡全给赶跑了。他跳下炕,跑到挂在墙上的南满战场的略图跟前。在图上标示出:我们部队的活动地区,被压缩得很小了。兄弟部队不得不打向敌后去了。虽然远隔千里,但他从电报上,从上级的谈话里,知道他们经常在大山沟里露营,要躺,也只有躺在雪壳子地里。光这一层,就比北满部队苦多了。他走回来,挨着政委坐下。

“老何,我们在这次战争中一定要取得胜利!打不好,我们的苦白吃了,血也白流了,中国人民不知道要多受多少年的苦难!

我是豁出来了，累死了也得翻过山顶去！不过，我就是有这么点希望，一定要让我爬到山顶，看一眼胜利的局面。到那时候，就是同志们踏着我的尸体冲下去，我也心甘情愿。”

电话铃急骤地响了起来。王树功听出话筒里是师长的声音。

“老王吗？准备出发！”

“上哪儿？”王树功急促地插问。

“敌人跑了！刚才坦克打炮是掩护部队撤退的！”听了这句话，王树功把冰冷的耳机紧紧地贴在耳朵上，压下自己的感情，避免再打岔。

“敌人也发觉防线过长，怕吃大亏。加上——我们的南满部队出击了！”

“呵，真的？”王树功止不住又打岔了，而且对着话筒就喊，“老何，老何！南满部队出击了！”

何建芳眼睛一亮，两步跨到团长身边。话筒里的清亮的声音停顿了一下又继续响起来，不过这一回语气变得严肃了，一个字一个字地说得很慢，连何建芳也听清楚了。

“上级命令我们赶紧追！听到哪里有枪声就往哪里赶！命令马上送来！”

王树功还没放下电话，就用另一只手在政委的肩上一拍：“这回可要他们好看了！”

正好警卫员端上饭来，他手一摆说：

“端下去！”

他们两个对了对表，一秒钟也不差。何建芳慢条斯理地收拾着炕桌上的文件，一边笑着说：

“杜聿明也够苦的了。一会儿来松花江，一会儿去辽河。咱们跑路是心里有数；他呢，给牵着鼻子乱跑。”

“就是要打得他两头跑啊！不过那家伙还是滑呀，一下子又把乌龟头缩回去了。”王树功说着就跨到墙上的大挂图跟前，他的思想已经集中到目前的行动上了。他在那里一动不动地站了一会儿，头也不转地喊：“警卫员！快去叫一参谋来！”

他走回炕前，搓了搓手说：

“你看，开会都来不及了。”

“战士们怕吃饭也来不及了。”

“是呵是呵，”王树功的心痛了一下，“还是不能痛痛快快地吃顿热饭。”

“停会在命令上附上一笔。尽量要战士吃了饭再走。来不及就带上走，总比啃冻窝窝头强。”

“报告！”一个结实得像铁弹子似的骑兵通信员走了进来，递给王树功一份师部的命令。

出发的命令送到连队，二连刚刚做好饭，有的人盛了一缸子；有的用手巾包了一包，挎在腰里；也有的匆忙地塞了几口，就憋着一股子劲儿出发了。一直向南插下去。

呵！向南！每个战士的眼睛都闪着光辉，好像背后有股温暖的风吹送着，迅速地又一次跨过松花江，向南进军。

晚间，在这支向南进军的队伍的前方，在辽远的什么地方，像流星似的闪着照明弹的光亮；也闪着大大小小的玫瑰色的光圈，或许是敌人在烤野火，或许是在烧房子，谁知道呢！赶呵！快赶呵！

北满的夜跟冬天一样悠长。追击的队伍一晚一晚地在黑暗中挺进，人们的脸上挂满冰霜，虽是一天只吃一顿饭，却比吃大鱼大肉还要舒服。现在是在前进，是在追赶敌人呵！他们走公路，走大道，走小道，像刚解冻的河流，湍急地向南方流去。

李传纬师长领导的这个师，三宵两天赶了二百多里地，终于追上了一股坐着汽车逃跑的敌人，把敌人包围在一个镇子里。

当晚，洪永奎从团部开了会回来，脸上红喷喷的，刚进门就脱下白兔皮帽扇风：

“老戈！咱们争取到尖刀子连的任务了！”

“好啊！”戈华把一叠请战书往旁边一推，修长的身子挺立起来。但只说了一句，立刻感到自己责任的重大。“寨子里的情况怎么样？”

洪永奎伸出一个指头。

“一个团？”

“都是美械化装备，外加个炮兵营。”

“好啊好啊！”戈华又一次兴奋起来。

“这股敌人是今天下午四点左右跑来的，还在附近村子里抢走了几十头猪，三十来匹马。”

听了洪永奎的最后两句话，戈华的端正的脸部牵动了一下。他轻微地摇了摇头，不让这个次要问题扰乱自己的思想。洪永奎继续用帽子扇着风说：

“据老百姓说，这股敌人挺狼狈。想是跑得太快，拖累了。”

戈华重新坐下，用食指轻轻敲着炕桌，考虑如何部署本连的兵力。固然这不属于他的工作范围，但路连长既然不在连上，他就不得不考虑这些问题，这是个攻坚战斗呵！

洪永奎的兴奋过去了，戴上皮帽，在指导员对面坐下，谦逊地说：

“你看叫哪个班当突击班好？”

戈华没有马上回答。待他脑子里形成个概略的计划，才反问了一句：

“你的意见呢？”

戈华已经打定了主意，决定一切还是由代理连长来布置。要是自己先说出一套来，就会促成代理连长今后工作的依赖性。洪永奎却认为这次战斗不简单，不应该个人冒昧做出决定，诚恳地说：

“你熟悉情况。”

“你是指挥员呵！”

洪永奎沉默了一会儿，仍然用谦逊的口气说：

“你看二班怎么样？上回打得不错。二班长又是支部委员。”

“好嘛！就二班吧！”

戈华想定的对象正是二班，此刻也就完全同意了连长的意见。他对那两点理由也很满意，虽然还不够充分，比方二班的党员质量比较高这一点就没有提到。

随后，两个连的干部几乎头碰头地谈到火力配备问题，指导员也同意了代理连长的意见。谈到谁带突击排时，洪永奎毫不考虑地说：

“我带！”

“让我带！”指导员这回不同意了。他认为这次战斗尽管敌人工事不强，终究是个攻坚战斗，任务是吃重的。这一炮一定要打响！自己既然是支部书记，义不容辞，应该担当起最艰巨的任务。

洪永奎这回变得不谦虚了，坚决地说：

“我带！”

“我熟悉这个连队！”

“我是军事指挥员！”洪永奎说话时脸都涨红了。

戈华沉默下来。既然要让代理连长在实际工作中提高，自己却要揽着带突击排，不是违背了本意？他望了望那张紧闭着下巴的宽脸，让步了。

他们一起出到门外，月光在雪地上映出两个长长的黑影。

他们在村道上并着肩默默无声地走了几步，洪永奎用和解的声调开了口：

“老戈。刚才我的话说得激烈一些，不要见怪。”

“我明白你的心情。”

“前些日子我心里苦得很哪！”

“哪个心里不苦啊！”戈华同情地转过脸来。

“肉体上的苦再苦我也受得了，心里的苦可是难受呵。”

“谁叫你不倒啊！”

“怕你批评。”

“怕我？怎么现在不怕了？倒吧。”

“当然啰，我只能倒给你一个人听。我没有亲眼看到东北人民怎样过亡国奴的生活，可我还是看到个边边。”洪永奎用激动的声音说起来。“我到尚志县做群众工作那会，第一次从县里下乡，路过一个山沟，到一家人家要水喝，进屋一看，一家四口人全围着麻袋布坐在炕上，那时候气候开始冷了，一个老大娘打着抖说，冬天也得这么过，已经这样过了十来年了。他们差不多只剩下一副骨架。看，是谁害的他们呀！那几天我在路上总想，蒋介石这个卖国贼，把老百姓害得好苦呀！”

戈华的骨骼粗大的手捏紧了。洪永奎走了几步，继续用激动的声音说：

“刚才听团长说了说山东解放区战场的情况。敌人快打到我的家乡了。我的家里只剩了个老娘，没房没田，说不定也没有米下锅。可终究是自己的家乡呵！每一个池塘，每一棵树，想起来都是活生生的，看得见水怎么样流，树枝怎么样摇，连它们的响声都听得清清楚楚。你想，家乡的人知道我在解放军里，他们盼望我什么呢？”

“是呵，人民要求我们打好每一个仗！”戈华自言自语地说。

他们“咯吱”“咯吱”踏着雪转了个弯，枪声清晰了，迎面扑来一股冷风，随着传来哨兵的严厉声音。戈华回答了口令。两个人从那个脸上挂着冰霜的哨兵跟前经过，走出村口，村外还有个披着羊皮大衣的哨兵，一对黑眼睛一眼不眨地望着前方。在前方二三里地以外，红红绿绿的火箭在夜空中飞来飞去，几颗绿色的信号弹刚好燃亮，那是敌人向同样被分割包围了的友邻求援的信号。在遥远的空中，像鬼火似的，也闪烁着星星点点的求救的信号。

在信号弹的绿光中，出现一道绿色的土寨，一个三层楼的碉堡黑压压地耸立在寨墙中间。洪永奎指了指那个碉堡说：

“你认识这个地方吧？去年咱们从四平撤下来的时候经过这里，我带着一个班在那上面放过哨。老戈，我就盼望着这回一路打下去！打下去！”

他们此刻已经不是在路上，而是在厚雪堆里前进了。能够听到子弹打在雪地里的“扑哧”声。他们走近了一个浅浅的自然沟，在那里趴卧着一群反穿着大衣、披着风衣的战士，背上铺着一层薄薄的被风吹下来的雪，如果不是偶然有人稍微一动，简直以为那也是雪堆。他们的耳朵贴着雪地，倾听着，凝望着前方的动静。洪永奎从他们身旁经过时，不禁低低地说：

“同志们辛苦啊！”他看到了几双闪亮的眼睛。

“你看，这就是我们的战士！”洪永奎悄悄地说，“来回连走了七八天路，现在又趴在雪地里，一点怨声也没有。老戈，我常想：咱们不能对不起战士！”

戈华点了点头。在这短短的七八分钟之内，他更进一步地理解了这个新的伙伴。

到了最前沿阵地。这里并没有什么工事。战士们趴伏在田垄后面，背上同样埋了一层薄雪。洪永奎贴着雪地趴下，拿起望远镜，趁着照明弹的亮光向四处观望。雪刺痛了他的眼睛，周围地形刺痛了他的心：四处都是平坦坦的雪地。他的宽阔的脸牵动了一下，但立刻压下了第一瞬间的烦恼，集中全部的精神，用军人所特有的锐利的眼光，从好像毫无区别的地形上看出区别，比较着每一块地形的优劣之处。他要为即将来到的战斗，找出一个既便于进攻又能尽量减少伤亡的冲锋道路。

十二

回到连部,洪永奎立刻派苗得雨去叫李进山。不一会儿,李进山就挺直地站在门边。他的服装整齐,一点不像刚从炕上叫起来的样子。

洪永奎站起身,打量了李进山一眼,用庄重的口气说:

“二班长,把突击班的任务交给你们了!”

“是!”李进山庄重地应了一声,平视的眼睛里射出快乐的光。

“坐下!咱们谈谈。”戈华给他倒了杯水,盘起腿坐在炕上,让出个地方。

李进山端正地在炕沿上坐下,两手搁在大腿上,等待指示。

“你们班的行动不仅关系到全连,还关系到全团全师的胜利。我们的路不能白跑!”

“连长!我明白这个。”李进山的鼻孔涨了开来。他自己的脚底心就打了好几个水泡,不过对谁都没有说罢了。

“你们准备得怎么样?”

“枪擦好了,肚子吃饱了,觉也睡得差不多了。”李进山的回话很自然,一点没有夸张的味道。

洪永奎在几次支部会议上研究过这个班长:不常发言,一发言,意见总是明确中肯;对别人的意见不同意时,哪怕是排长、连长，也同样提出自己的看法。他喜欢这种人，大概跟他不喜欢爱奉承的或是没主张的人有关。他又迅速地打量对方一眼，试探地问：

“有把握没有？”

“是从这一带进攻吗？”李进山居然出乎意外地反问了一句。

“是的。从这一带。从正面。”

李进山把面前那杯冷了的水一口喝完，想了一会儿说：

“有把握。不过地形不大好，掩护的火力要强！”

洪永奎转脸向指导员点了点头，这动作与其说是表示他们也早已考虑过，还不如说他是在赞许李进山的直率。换了个班长，一接受这个任务，或许会这样回答：“没问题。死也能完成任务！”那么你就不得不加一番解释，做一番工作，启发他认真考虑一些问题。至于眼前这个班长，他已经预见到了困难。他的信心是有根据的。

“这一点放心好了。除了营的重火器，团还拨一部分重火器来配合。”戈华接着说，“班上的情绪怎么样？”

“谁个都憋了一股劲儿，嗷嗷叫。就是气太足了，我担心他们打起来掌握不住自己。”

“这个，倒要注意。”戈华的眉间出现了短短的皱纹。

在洪永奎听来，这话好像也是向他说的。他笑了笑说：

“气足是好的。只是要猛打猛冲，可不能莽打莽冲。”

在戈华听来，洪永奎的话好像也是在向他表达自己的心情。他不看任何人一眼，用一只手掌向外一推说：

“再加上个猛追！把敌人搞成个稀巴烂！”他看到了手表上的时刻，腿一伸说：“我跟你一路走。”

李进山挺直地站起，向连长指导员敬了个礼，出到外屋去了。“老戈，我向营长报告一下。一刻钟后，我们再召集班长们一块去看地形。"

"让突击排全穿上风衣。我记得他们排缺五件。"

"是缺五件。这个交给我办。"洪永奎很感激指导员关心的周到,不过没有让这种情绪流露出来。

拂晓以前,洪永奎带着突击排进入冲锋出发地,面前是一片白茫茫的开阔地,没有一株矮树,没有一个坟堆。敌人从寨墙上新挖的枪眼里飞出来的子弹,一阵紧,一阵松,无目的地落在雪地里。洪永奎咬着李进山的耳朵说:

"一定要掌握住队伍,避免无谓伤亡。"

李进山明白这句话的意义。他知道不但一班人的生命掌握在自己的手里,而且本班的行动关系着整个胜利。他在雪光反照下望了望摊在连长手上的怀表,时间还早。虽然刚才指导员在班上动员时讲过了,他还是爬到战斗组长跟前,再一次叮嘱他们前进时要保持疏散队形,互相掩护,不让敌人找到固定的目标。

突然之间,头上飞过嘘嘘的啸声,敌人的大炮在同一时间向四处的村庄开火了。洪永奎回望了一眼,村庄里起了火光烟雾。他咬得牙齿咯咯响,一双火眼盯在表面上。分针好像瞌睡了,老不移动。六〇炮弹也随着连串地在后面爆炸,他担心着指导员他们的安全。

好容易过了一分钟,又是一分钟,到底,指定的时刻来到了,在隆隆炮声中,响起了轻重机枪和掷弹筒的吼声,寨墙上爆起密密的火星。他挥了挥手,伏在身边的爆破组出发了。敌人的炮火好像在惊愕中突然停止了一下,接着又轰响起来,夹着密密的机枪和步枪声。

我们的掩护火力更加猛烈了,洪永奎看得很清楚:那个三层楼的碉堡,刚才还一闪一闪地吐着火舌,此刻每一个枪眼都给我们的火力封锁住了。传来震耳的爆炸声。他喊叫了一声,李进山跟着喊声冲了出去。

李进山身后是战斗小组，每个人保持着一定的距离和间隔，像一支巨大的箭镞似的向寨墙推进。强大的火力护送着他们。

战斗小组互相掩护着，冲进锯齿形的爆破口，向两边猛打一阵，紧跟着把一簇慌乱的敌人撵下去。他们绕过孤零零地蹲在街上的大炮，绕过大卡车，绕过临时构筑起来的简陋工事，转过几条街，拐进一条小街。或许是离逃跑的敌人太近的缘故，简直没有遇到迎击的火力。

前面那股敌人窜进一座大院落，院门砰地合上。这时四处响起激烈的枪声，显然是后续部队进街了。李进山决定消灭眼前这股敌人，叫大家散开隐蔽，自己循着围墙侦察了一道，命令第三战斗小组抄到院落后边，余下的从正面进攻。他趴在墙根一动不动，一只耳朵贴着墙。

院墙里传出接连的手榴弹爆炸声，第三战斗小组动开手了。李进山咬着俞国才的耳朵说了句话，俞国才跳起来叉开两腿，铁桩似的钉在地上。李进山一脚踹上大腿，再一脚踏上肩膀，一耸耸上墙头，腿一跨跳了下去。方志坚跟着上墙，跟着跳下，被一个尸体绊了一跤，起身时子弹带给什么东西挂了一下，他顾不得细看，举起枪向门边射击。

敌人退集到一排三间的上房里面。李进山抢到房门边喊话。门里射出一串冲锋枪子弹，门板霎时成了蜂窝。有个发疯似的声音在屋里高喊：

“抵住！抵住！谁回头就枪毙谁！”

窗格子里射出密集的子弹，打得雪地吱吱响。伏在马厩旁的杨占武，望一眼上房的屋顶，他的猫眼睛一闪，扯了扯身旁的方志坚，一起爬到房侧，做了个手势要方志坚蹲下，他一耸身，从方志坚的肩头翻上屋顶，用刺刀挑开一层层厚草，挖成个碗口大的洞洞，接连投下去了两颗手榴弹。

“不缴枪再请你们吃两颗！”

被屋里的爆炸弄得莫名其妙的李进山，听见屋顶上的叫喊才明白究竟，趁机用命令的口气吆喝：

“枪放在屋里！人出来！快！”

高举双手的蒋匪军带着一手硫黄味连串出来，在院里排成了队。

“小杨！下来捡胜利品吧！”李进山仰头高喊。

“在这儿呐！”杨占武突然在他面前出现。

“这个猴精！”李进山宠爱地骂了一声。

他们押着俘虏走出院门，天开始发亮，街上响着稀疏的枪声。在一条十字路口，顶头遇见了连长。洪永奎望了望俘虏群说：

“你们班有伤亡没有？”

李进山摇了摇头，忍住了一个呵欠。他辨出有几十辆十轮大卡车躺在路旁，其中有几辆满载着军用品，有群人正在那里搬运。在遥远的地方，隐约传来激烈的枪炮声。

“听见没有，这是兄弟部队在消灭被分割包围的敌人！”洪永奎兴奋地向李进山高喊，“留两个人押俘虏，余下的都搬东西。天大亮以前，要把胜利品都搬完。我们的宿营地还在原处。”

方志坚在一辆卡车跟前遇见了方世兴。在紧张的行军中，他们很少见面，猛一见，差一点认不出来。方世兴更瘦了，脚有点跛。

“怎么，脚打泡了？”

“刚摔的。”

“你们班打得怎么样？”

“不错。我也差一点抓了个俘虏。”

“快！接着！”杨占武在另一辆卡车上叫唤。方志坚跑过去，接过一个大木箱，等他转过身来，在人丛中已经找不见方世兴了。

方志坚扛着沉重的木箱往连部一交，回到原先班上的驻地，头一着炕就睡着了。醒来时，阳光射在眼睛上，他偏了偏头，见俞国才独自坐在炕沿上，低着脑袋，牵动着粗胳膊，不知在干什么。他一欠身，看清楚组长是在缝他的子弹带，那大概是在跳墙那会儿挂破的。他往前一扑说：

“组长，我自己来。”

俞国才竖起根胳膊一挡，说了句“只差几针了”，移到桌子旁边，用灌肠似的手指夹着针，飞快地缝了几针，咯嘣一声咬断线头，细心检视了一道，把缝好的子弹带挂到墙上。

方志坚跑到组长身边，使劲儿把他往炕上拖。俞国才铸在原地动也不动，倒伸出一只大手捏住方志坚的手说：

“你听听。”

窗外有雪风在尖声吼叫，此外听不到别的声音。俞国才的大手往紧一攥，露出阔大的门牙笑着说：

“我是亲耳听着各处枪声静下来的。不用说，那些家伙也完蛋了。”

方志坚出到门外，见太阳已经当顶，有几朵淡淡的白云在天空飞快游过。细听了半晌，除了风声，真的听不见半点枪声。他相信俞国才的判断，喜气洋洋地回进屋里，见组长正在把炕席底下烘干了的靰鞡草一捧捧往出捧，往班长的靰鞡里填塞。他连忙上去帮忙，一边劝说：

“你躺躺吧！”

“今天也奇怪，说什么也不想睡。”俞国才细致地填好靰鞡，一直腰说，“九个月以前咱们从四平撤下来，就是经过这一带撤到江北去的，现在可又回来了，哈！”

方志坚被组长的话引动了，靠紧组长，盯着那双发光的眼睛，生怕他像平时一样地不往下说。这回俞国才却谈话的兴致很大，话也说得意外地流畅。

“那时我就说过一定能回来。可不是真的回来了！我知道，这儿离长春不远。再往南，就是四平。”

俞国才说到这里，眼望着窗户出神。窗外的风也是一阵阵往南卷去的。方志坚正希望他往下说，他却转身上炕，打开包袱，掏出一双磨穿底的草鞋，往方志坚的眼眉下一扬说：

“喏，我在四平保卫战的时候穿的，一直穿到松花江北。老舍不得丢它。”他摸弄着那双草鞋，半闭起眼睛，沉思起来。

同志们仍在炕上打鼾，杨占武说着梦话，喀喇笑了声，喉咙底像抽风箱似的抽了几抽，又均匀地打起呼来。

“咱们这次再打到四平，我一定穿上它到处溜一溜。”

门忽地撞开，苗得雨满面红光蹦进屋来，手一扬，把一叠纸张振得空气呼呼响，连声地叫：

“看啊！看啊！好消息！”

尖锐的叫声把炕上的人全部惊醒。人们跳起来围了上去。杨占武抢过一张油墨未干的捷报往班长跟前一塞：

“快念、快念！”

李进山往炕上一站，看了看大红字的标题，扬着报纸叫唤起来：

“同志们！咱们一个回马枪，消灭了敌人两个师！”

班上霎时闹腾开了。俞国才的拳头橐的一声落在方志坚的肩上，痛得他笑着直叫唤。杨占武扬起胳膊，飞呀飞地扭开了秧歌。

“别吵！听！”李进山猛喝一声，杨占武在一个优美的动作中停了下来，他也听见了紧急防空号的声音。咬着号音的尾巴，紧接着传来飞机的噪声。杨占武腾地跳上炕，爬到窗台上，就着破窗户向外瞭望。一会儿，头一扭说：

“两架吊丧飞机!”

那两架飞机就在这一带来回盘旋,一会儿高飞,一会儿低飞,看光景是在寻找自己队伍的下落。刚飞走不久,又来了两架,照样用那种架势来回盘旋,唱着悲哀的调子。

杨占武的眼睛瞪花了,脖子也扭酸了,呼一下转过身来:

“他吊他的丧,咱们念咱们的捷报。班长,继续念吧。”

李进山早已把手里的捷报细看了两道。他仍旧没有念,用难得在他嘴里听到的讥笑口气说:

“敌人有一个师还到松花江北岸溜达了一回哩。那些当官的老早就想到哈尔滨逛逛了,这一下可遂了心愿。可是把武器也掉下了!”

屋里腾起一阵哄笑,压倒了嗡叫着的飞机声音。

十三

趁热打铁，后送的俘虏还没到达松花江，部队又大踏步地前进了。李传纬这个师像一根锥子的尖端，向长春的方面插去。敌人派出大批的飞机轰炸扫射，进行绝望的报复，但一点也阻挡不了我军前进的脚步。

这天是二连担任尖兵连，洪永奎背着冲锋式，跟尖兵排走在一块，注意地望着前方和两边的地形。

公路左边是连绵的积雪的山岗，一时向公路靠过来，一时从公路退开；公路和山岗之间横着雪壳子地。公路右边是辽阔的白茫茫的平原，有时能看到几株染成白色的松树，雪的闪光刺痛了眼睛。走着，走着，山岗快尽了，远远地离开公路。在公路右边的大平原上，出现个罩在落日红光中的大屯子，屯口排着光秃秃的树行，树底下隐约有人走动。洪永奎手搭凉棚望过去，还没有看清是什么人，忽地听见传来三发枪声，他迅速下了判断：

“敌人！”

戈华跑步上来，经过短短几秒钟的商量，决定由洪永奎带两个排抢占山岗，戈华带第三排侧翼支援。请示来不及了，叫通信员把决定报告营长。

洪永奎带着两个排跑下雪壳子地，刚跑了四五十步，屯里射出密集的火力。从火力组织的迅速和猛烈程度来判断，这支敌人不弱。紧接着屯里窜出一股黑乎乎的敌人，也向山岗的方向跑去。洪永奎心里明白：现在全师能否顺利展开，夺取胜利，就要靠自己带的两个排了。

“二排带机枪抢山！一排随我来！”

他转了个方向，向着越过公路的敌人侧面冲过去。

在洪永奎前面，六〇炮弹炸起了无数雪块；机枪子弹像撒下来的大批钢针，穿进雪壳子，敌人显然企图封锁他们前进的道路。他在雪壳子地里拔着靰鞡，一眼不眨地注视着接近山脚的敌人，脑子里只有一个念头：“不让敌人上山！”

啃、啃、啃、啃！四发六〇炮弹在他身后什么地方爆炸，轻重机枪紧跟着向爆炸的地点猛扫过来。洪永奎感觉背后的脚步声一下消失了，同志们大概趴下了。敌人还在前进。他跑着，不向后看，发出打雷似的喊叫：

“上呵！同志们跟我上呵！”

听见这声叫喊，李进山、杨占武、俞国才……一个个腾地跳起。他们记不起当初是谁第一个趴下来的。或许是一起趴下的。因为按照经验，在这样猛烈的火力底下只有趴下。

方志坚也是一个鲤鱼打挺蹦起来就跑。他完全记不得脚底下是什么东西，每一步是怎样跨过去的，俞国才的背脊像有一股吸力，引着他飞快前进。

近处爆发了机枪的吼叫，打起的雪粒溅上俞国才的脚背。他寻声望去，望见在前进的敌人队伍旁边，在雪地上支起一挺机枪，枪口里吐出淡红色的火苗。他随手打了一枪，机枪护板上爆起一朵火星，哒哒哒又横扫来一梭子子弹，前面的队伍不得不又一次趴下。敌人在迅速地前进。

“班长！我去揍掉它！”俞国才吼了一声，抽出颗手榴弹，不等回答，恶狠狠地飞跑过去。那速度连快马都跟不上。方志坚不知不觉地跟了上去。

俞国才在机枪的恶叫中投出了手榴弹，距离显然远了一些，那可恶的咯咯声仍在嘈响。不过敌人的机枪手为了自卫，不得不缩小扫射的扇面，专门来对付他俩。

俞国才一会儿往左跑几步，一会儿往右跑几步，边跑边抽出第二颗手榴弹，趁机枪手换梭子的时候，对直地快跑了几步，朝着机枪投了过去。紧接着拔出第三颗，刚咬掉保险盖，机枪口里的火苗一闪，俞国才打了个噎，继续向前冲了几步，扑倒地下。就在同时，机枪近旁腾起一道火光，炸断的枪身和机枪射手的残肢随同着飞了起来。

方志坚双眼冒火，嗖嗖嗖连着向敌人群里投完了手榴弹。敌人被爆炸的火光切成两截，后面的转身就跑。

方志坚扑到组长身边，俞国才正好挣扎着跪了起来，抹去从额角上流下来的血，睁大眼睛望着前方。

"组长！快上后边去！"方志坚抢到他跟前跪下，把组长的手拉到自己的肩膀上。俞国才用尽力气把他推开。

"别管我！快上！"

方志坚留恋地回望一眼，看到组长的胸口也染上鲜血，他更不忍离开他了。

屯子里的机枪扫得越发猛烈，有面小红旗在屯外凶猛地摇动，后退的那部分敌人转身涌上。俞国才的脸孔可怕地拧歪了，咬着发青的嘴唇，两手拄枪支撑起来，用软弱的却很清楚的声音嘶叫：

"同志们！勇敢地上呵！"

方志坚咬一咬牙，像箭一样地飞冲过去。

他杀气腾腾地冲进敌人群里，第一秒钟看到的是杨占武从一个敌人背脊里拔出刺刀，另一个高个子敌人持着刺刀扑向杨占武。他蹿过去，一刺刀攮进那个高个子的胸口，随即拔出刺刀，跟杨占武一起追扑敌人。

在后面，我们的轻重火器一齐吼叫，屯前树行上的积雪被震得纷纷跌落，那面刺眼的红旗掉在地上。

俞国才两手拄枪，望着烟火腾腾的屯子，喘出口长气，突然身子往上一提，扑倒在地。当他完全失去知觉前的一刹那，听见头顶上响起熟悉的轻机枪的吼叫，二排抢到山岗上了。

后面的敌人重新逃跑，被截住的敌人一个也没有跑掉。

方志坚在一块大石头背后遇见连长，他正在讯问一个瘦脸尖嘴的俘虏。

"你们是哪个部队的？"

"新六军新二十二师。"

"屯子里有多少人？"

"一个团。后面还有两个团。我们是在五天以前从通化坐火车北上的。我是上士班长。"俘虏用毫不在乎的口气回答。看来，他很懂得应该说些什么问题。

"是实话不是？"

"被你们俘虏的又不是我一个人。"

洪永奎望了望屯子，就在相隔两里多地外，藏着一股劲敌，这个仗打起来是个硬仗，抑制不住的兴奋漾过全身。

"方志坚，把他送到营长那里去！一定要送到！"

方志坚押着俘虏循着山壁走去。走不一会儿，那个俘虏扭转头说：

"朋友，有纸烟没有？"

方志坚警惕地把刺刀尖往上一扬。

那俘虏干脆停住脚步：

"用不着吓唬人。我不是第一次跟你们打仗，在南满打得多了。你当我不知道你们的政策。”

方志坚受不了这种大剌剌的口气，真想捅他一刺刀。一想起连长的嘱咐，便忍住了气，决定不搭理他一句话，喝了声“快走”！

俘虏走了几步，又扭转头来：

“朋友，你们的仗打得不光彩。”

“什么不光彩！”方志坚忍不住答口了。

“你们是有心，我们是无意。”

“我们是有心？”方志坚简直要说我们也是碰上的，但他终于忍止住了。

“要是一个对一个摆开来打试试看。还不一定是谁当俘虏呢！”

“管你怎么样，反正是你当了俘虏！快走！”方志坚这回真的用刺刀往俘虏的大腿跟前捅了捅，不过立即收了回来。

就在刺刀尖往前一晃的瞬间，俘虏尖叫了一声，飞快跑了几步，抚着大腿说：

“好好好，算你们有本事。跟你开开玩笑，就当真。”

不过，这以后，他就乖乖地走开了，再没转身说话。

方志坚的心里暗暗好笑，刺刀还差老远一截子就吓成那样。新一军、新六军都碰上了，打狠了都是一样的货。一想到这点，他觉得自己的身上添了力量。

他在半路遇见了指导员和通信员小苗。他一说情况，戈华皱了皱眉头：

“咱们营都拉上山了。营长也上去了。”他停了停，头一偏说，“对，团长就在后面，把他送给团长吧。”

方志坚一秒钟也不敢耽搁，押着俘虏往前赶。不多远就遇上了团长。他简单地报告了情况。

“调来了就好，南满部队就能松口气了！”王树功自言自语地说。他能够背得出敌人各个师、团的番号。他知道，新二十二师是新六军的主力，而新六军正是杜聿明对付我南满部队的一张王牌。

方志坚端着刺刀对准俘虏，一边悄悄地对团长说：

“我有一句话说。”

“唔，说吧。”

“这个家伙不老实。”

王树功眯起眼睛笑了，大声地说：

“不要紧，他会老实的。”随即用威厉的眼光盯住俘虏，“你要放老实呵！”

“是！官长！”俘虏猛然一个立正。他看出站在面前的是个“大官”。

“要是说一句虚话，晦！”

“是是，砍我的脑袋也行！”俘虏还用那种挺直的姿势站着。

王树功向方志坚挥了挥手：

“你回去吧！”

方志坚从俘虏身边经过的时候，俘虏忽然轻轻地说：

“谢谢你。”

方志坚差一点笑出声来。他怎么样也想不到会有这样的人。反动派的队伍里真是无奇不有。他的心里升起一种厌恶的感情。

方志坚往回走时，天已黑下来了，出现疏落的星星。零落的子弹撞在山壁上，发出火光。根据经验，他知道敌人不善于夜战，没有工事，在夜间根本不敢出动。他放心地向公路和山岗之间的方向走去。只是到现在，他才觉出这里的雪原来那么厚，有时候竟至没了膝盖。他竭力回想刚才冲锋时的经过，但怎么样也想不起是怎样冲过雪壳子地的。走了一阵，隐约听见有人在低声唤叫，他飞步奔了过去，只见俞国才半坐起来，他欢叫了一声：

“组长！”

俞国才背后突然伸出只手连摇几摇，有个哑音说：

“他昏过去了。”

方志坚听出是指导员的声音，细一看，发现指导员坐在俞国才背后，用膝盖抵住他宽阔的背脊。他轻手轻脚地走到组长身边蹲下，忽见仰在膝盖上的头动了一动，大方脸上闪动起两点黑亮的东西，俞国才睁开眼睛来了。他喘息着说：

“打得怎么样了？”

“一个排敌人全没跑了。”方志坚抢着回答。

俞国才的脸孔舒展开了，现出欢慰的光彩，随着，眼睛慢慢地合拢又立即睁了开来，眼睛里放出锐利的光芒：

“告诉同志们：不要饶放敌人！”

“你会好的。”戈华用抑止的声音说，随即转过头来对方志坚说，“担架怎么还不来呀？小苗摸到哪儿去了？你去看看。”

方志坚跳起来就走。他打定主意，要是找不见小苗，就自己去弄一副担架。他踧着雪走了三五十米，听见小苗的尖嗓音：“快走！快走！”随声涌来一簇黑影。他叫喊起来：

“担架来了？”

“来了！来了！”是好几个人一齐发出的声音。黑影清晰起来，小苗跑步走在头前。

方志坚比黑夜里迷路的人见了灯光还高兴，扭身跑回原处，一下呆住了。

俞国才静静地仰躺在雪地上，合上眼皮，脸上留着平静的光辉。指导员低下头静静地站在旁边。方志坚捏紧拳头霍地站起，指甲掐在手掌心里。

小苗引着担架队随后赶到，见了这副情景，也钉在一边。

天全黑了，星星密起来，雪地上反照出点点斑斑的晶亮的闪光。背后传来唰唰的脚步声，王树功团长上来了，他仓促地看了一眼问：

“谁？”

“俞国才同志，二班战斗组长。”戈华轻声回答。

“是那个一块儿从山东过来的出色的投弹手？”

听到团长提起“一块儿从山东过来的”这几个字，戈华的身子微微一震，说：“就是，就是他！”他的回话失掉了平静。

王树功见大伙全都静站着，就挥了挥手，坚决地说：

“抬走！”

方志坚和戈华把俞国才的庞大的躯体抬上担架，盖上被子。担架队员默默无声地抬起沉重的担架，刚要举步，王树功快步走到担架跟前，往上提了提被子，盖住俞国才的全脸，把被子往里掖了掖，吩咐担架队员：

“路上走慢一点！”

四个民夫抬起担架，不声不响地走开。王树功跟着担架走了两步，猛地车转身，把闪亮的眼光转向屯子。那里黑乎乎一片，枪声也静寂了，看来敌人正在赶筑工事。

“三〇一！”

“唔？”王树功盯着两个近来的黑影。

是团长警卫员把师部通信员引来了。通信员打开扁平的皮匣，掏出封信递给团长。王树功从警卫员手里拿过手电筒，背对着屯子蹲下，把信摊在地上，由警卫员帮着用大衣遮住手电筒光，专心地看起来。

连看了两遍，王树功把信和手电筒一起塞进口袋，在信皮上签了个字，打发走师部通信员。他两手叉腰来回走了几步，走到戈华身边说：

“把你们的队伍拉回来！”

戈华以为是自己听错了，正要动问，团长已经在跟警卫员说话：

“上山去告诉一营长，留下一连和两挺重机在山上监视敌人，其余的部队都拉下来，不得暴露！叫一营长马上到三营营部找我。”

警卫员复诵了命令。王树功从他的手里接过大衣，披在身上。

“咱们要撤退？”

王树功不答话，两手叉腰，望着警卫员的背影。

“打得好好的怎么要撤退呀？”戈华的语调听起来像是受了很大的委屈。

王树功的眼睛里冒出火花：

“杜聿明听从了美国顾问的意见，准备打开小丰满的水闸，想用松花江水把咱们拦在江南。”

“那咱们索性一直打下去不好？”方志坚推了推黑狗皮帽子。

“打仗不是那么简单。敌人这一着是很毒辣的。”王树功顿了顿，在鼻子管里哼了一声，“哼哼，敌人居然走了这步绝着，可知办法也不多了。”

戈华往细一想，明白了这是一步什么棋。这就是说敌人想切断我军和后方的联系，想把我军孤立起来。他恶狠狠地咒骂了一句：

“无耻！”

王树功迅速地扫了一眼，知道用不着再加解释了，扣好大衣扣子，朝着公路的方向快步走去。

戈华急急忙忙地说：

“小苗，送团长回去！”

苗得雨跟着走了。

戈华直等望不见团长才转过身来，见方志坚仍旧钉在原地出着粗气，便压住自己的感情说：

“日子长着呐，回去擦擦刀枪再来。快去告诉连长，把队伍撤下来。注意隐蔽。”

剩下戈华一个人时，他拾起俞国才的步枪，挎在肩上，眼睛触到雪地上的紫血摊，怔了一怔。这个在山东战场上一块打过日本鬼子的忠实战士，在革命队伍里战斗了三年，牺牲了。花名册上又少了一个熟悉的、亲切的名字。不，俞国才，这个亲切的名字，依旧会被全连同志们永远记在心里的；他的名字将成为一种力量。在他的面前，那摊像玛瑙似的、闪着红光的鲜血，好像在勃勃跳动。

不远处有个亮光一闪，是俞国才那颗没有扔出去的手榴弹。他捡起来，细细看了看，摸了摸木把，揣进裤袋，向最前沿的阵地走去。

前面悄悄地过来一串黑影，最前面的是高大的连长，他快步迎了上去。

洪永奎也快步走过来，激动地说：

“咱们真要撤退？”

戈华没有回答，紧紧地握住洪永奎滚烫的大手。

这是常有的事：一个同志的牺牲，一个困难或是一个挫折，把同志的心更紧地粘在一起。

当夜，二连又开始行军。

一晚又一晚，部队大踏步地向北方行进。当他们到达松花江边，宽阔的江面上奔腾着水流，敌人真的打开了小丰满的水闸！

黄色的水流从冰层上潺潺流过，深处已经没了大腿。战士们咒骂着，解去绑带，脱去靰鞡和毡袜，把棉裤卷过膝盖；有的干脆什么也不脱，手拉着手，趟进刺骨的江水。

方志坚和杨占武手拉着手，拖着麻木的腿，登上松花江北岸。

杨占武一边咒骂反动派，一边用毛巾狠擦着光腿上的冰水。方志坚踹着脚向南眺望。

迎面过来的是人和马，是油盐担子，是没了大半个轮子的大车。湍急的水流在哗哗发响。在遥远的什么地方，闪着照明弹的微光，敌人又在前进了。在更遥远的、看不见的黑沉沉的地方，埋着战斗组长俞国才的遗体；在那边，有找不见影儿的许大嫂和她的孩子；在那边，有千万人在反动派的脚底下过着生活。

方志坚喉咙冒火，蹬进水里，捧了一捧水喝了一口，虽是沁牙裂腑，心里反觉畅快一点。

穿过风声水声，从江心中传来洪永奎连长的喊声：

"走呵，同志们！我们要回来的！"

方志坚的冻木了的嘴唇皮动了一动，也斩钉截铁地说：

"我们要回来的！"

十四

回到松花江北头几天，方志坚又兴奋又难受，兴奋的是听到了南满兄弟部队在临江地区消灭了上万敌人，收复了几个县城，杜聿明的“南攻北守”的如意算盘被我军打得粉碎；难受的是听说西北战场我军撤出延安，再是路连长伤势太重，刚送进医院就牺牲了。本来，在撤回江北的路上，他的脑子里就产生个新的念头，听到这一串消息，这个念头越发强烈，使他晚上睡不好觉。有一天吃过晚饭，他把班长拉到门口一株桃树底下：

“我有几句话不知道能不能说？”

“革命队伍里有什么话不能说呵！”

方志坚舐了舐饱满的嘴唇，眼睛蒙蒙眬眬地望着班长，声音有点颤动：

“我要求参加共产党！班长，你看我行不？”

“这是好事情呵！”李进山双手搭上他的肩膀说，“行不行要看你自个儿坚决不坚决。你要是决心干一辈子革命，那就行！坐下，咱们好好谈谈。”

“这几天我想得很多，把过去的生活翻腾了好几遍。”方志坚坐下来，松开帽耳结子，“从我记事那天起，家里就只有两件破棉衣，一床破被子。小弟弟出世了，娘从旧棉衣里拆下一层棉絮，做了件小棉袄；晚间，爸和娘睡在两边，把我们弟兄俩暖在中间。一家人穿褴吃孬，一年四季喝苞米粥过日子，能吃上顿高粱米就是好的。爸咬着牙下苦，打下的粮食划出六成交租子，往白阎王的家里送，剩下的得再划出一半还借粮，还是往他家送。刚开春，粮食吃完了，又不得不向白家借粮。一家人好比转磨的牲口，一年年绕着磨盘转圈，推下的粮食没有自己的份儿。我十三岁时当了白家的牛倌，春初秋末，北风呼呼叫，光着脚丫子紧跟在牛屁股后面，一心巴望它们屙屎屙尿，好把冻青的脚趾头踩进去取暖。白家根本不把我当个人看待。幸得共产党来了，我们家的人才挺起了腰板，我也真正成了个人了。到了部队，我更加认清楚共产党是为了解放一切被压迫的劳苦人民的！班长，我想好了，我要参加共产党，干一辈子革命！”

李进山静静地听着。从这个瘦了好些的年轻人的话语中，他感觉出一种强烈的愿望，说明这个新战士在半年的经历中理解了许多东西，思想认识提高了许多，这本来就是他所期待的，他禁不住把对方的手放在自己的热乎乎的手掌里：

“对！你想得很对！共产党就是为咱们劳动人民奋斗的！”

“就说组长吧，我可是看得清清楚楚，他哪一次为自己打算过？”

李进山是一直背着俞国才的背包回到江北的，打开来一看，除了一套单军衣，一双破草鞋，连衬衣都没有一件，军衣里面却包着个针线包包，有四五枚大大小小的针，好几绞各色各样的线。这对他来说也是个新发现。他长久地拿着针线包在手里倒来倒去。这个不声不哼的人偷偷地给班上同志缝补了多少东西呵！一个最得力的助手英勇牺牲了，自己对他的了解还有不到的地方。不仅当时感到内疚，现在经方志坚一提，他的心又痛缩了一下。

“是的，他是个好党员！我们都要学习他。”

接着他就严肃地解释共产党员的奋斗目标，共产主义社会是个什么样的社会，党员应该具备什么条件。本来，方志坚一直把杨占武当作朋友，把俞国才当作哥哥，把班长当作朋友兼哥哥看待，现在觉得就这也不够。他贪心地吞咽下班长的每一句话，在他的眼前好像现出另外一个世界——没有人剥削人、人压迫人，那时候有多好呵！

两个人一直谈到晚点名的号声响起，才并肩走向操坪。方志坚回味着班长的话，紧挨着班长，闪着晶亮的眼睛说：

“我一定要为实现共产主义社会奋斗到底！党叫我闯虎穴就闯虎穴，上刀山就上刀山，啥也不怕。班长，我可是坚决啦！”

在点名的时候，他的耳朵里还响着班长的热烈动听的声音，以至于连叫了他两声名字才答应。在他说来这还是第一次。隔了两行的方世兴，也透过人缝用惊奇的眼光瞅他。

点完名，戈华指导员交给各班一大批耽搁了好久的信件。方志坚一封也没有，方世兴却收到两封。

方世兴见了信像见了家里人一样欢喜，队伍刚解散，等不到回班，让班长看了看信皮，一封落款是“尚志县寄”，当然是弟弟他们来的了。另一封落款是“哈尔滨张寄”。一听说是哈尔滨来的，他改变了主意，把两封信分揣在裤袋里奔向连部。老洪知道他家的底细，由他念吧，不必让别人知道。

洪永奎正在跟李进山谈话，方世兴背贴着门犹豫起来，决定不了说好还是不说好。幸得李进山只说了几句话，告辞走了。他宽了心，叫了声“连长”，双手插进口袋。

信还没掏出来，指导员进来了，向他笑了笑说：

“一家人都好吧？家里有困难没有？”

方世兴脸红了，只掏出那封尚志县寄来的信递给洪永奎说：

“请连长念一念。”

洪永奎拆开信皮，边念边解释了一遍，把信还给方世兴说：

“家里都很好呵。不想回家了吧？”

方世兴的眼眉耷拉下来。他何尝不想回家。可是班上同志们都决心练好本领，打到江南去，他自然不好意思启口。这回弟弟来信也叫他一心打反动派，就更不好意思启口了。他弄着信皮，硬着嘴说：

“不想回家了。”

“这回下江南，你打得还不错。”戈华想鼓励他一下。

方世兴的靰鞡尖在泥地上划着，谦逊地说：

“怨我的运气不好。到手的鱼儿都给溜啦。打镇子那回，我撵着一个敌人，眼看快撵上了，那家伙一扬手，我当是扔手榴弹啦，赶紧趴下，滚到墙角落里。等了好一会儿还不响，待起身时就不见他的影儿啦。谁知狗日的扔的是个空弹夹子。”

洪永奎猛地站起来说：

“什么运气不好，是你消灭敌人的决心不大！”

“偏巧枪也冻住了，打不叫……”

“就是你的名堂多。”洪永奎的脸孔刷地涨得通红，“我问你：路连长在东北一没有家，二没有亲人，三没有田地，他为什么挂了花还要向装甲车上冲？你说为什么呢？你说！”

方世兴低下头，心里乱糟糟地，巴不得外边有人叫他。幸亏指导员来解围了：

“要不要写封回信呵？”

方世兴连忙接口说：

“不啦。叫班长写去。”

方世兴出了连部，向二班走去。

戈华用眼睛送走方世兴，拨了拨油灯说：

“你吃了生葱怎的？”

洪永奎从炕桌上端起个茶缸子，把大半缸子冷开水咕嘟嘟喝了个尽。

“你听他说的尽是些什么话。我恨不得每个人都跟老路一样勇敢。”他背着手在屋里来回走动，翻毛的硬皮底鞋踏得泛潮的泥地喳喳发响。

“我何尝心里好过。老路跟我在一铺炕上睡过两年，我们从来没有红过一次脸。”戈华也激动起来。

“我近来常想一个问题，”洪永奎紧接着说，“要是咱们每个人都贡献出全部力量，消灭敌人就快多啦！别人都怕进步太慢，他还是那个样儿。”

工作使戈华养成了经常用理智考虑问题的习惯。就在心情激动的时候，一碰到需要处理的实际问题，他也会很快地平静下来。此刻就是如此。他安定了一下自己的情绪，恢复惯常的笑容：

“他到底是个新战士！”

“方志坚也是呵。刚才二班长说他已经要求入党了。你看，一块儿参军的，就差这么远。”

“出身环境不同呵。苗儿长得不快，咱们得多灌些水，多培植点儿。他敢于撵敌人了，这就是进步！”

这话使洪永奎也恢复了平静，他松开绞着的手说：

“我这人近来脾气也大了。”

“老洪，着急是空的。我们既然进攻了三次，自然会有第四次的进攻！党要求我们的是更好地学习，增加反攻的资本！”

洪永奎走到炕梢，从挂包里抽出那本《运动战术》，又细心地阅读起来。

这时，方世兴走进二班住的院子里，见方志坚卷起袖管，正在马厩旁边出粪。房东的那匹青儿马，在马厩里昂着头，咻着鼻子，踏着蹄子——它大概感到春天已经来到，又该下地去拉犁了。这情景增强了方世兴的烦恼。

他走到方志坚背后站了一会儿，压低声音说：

“四海他外爷家来信了。”

方志坚直起腰，转过脸来。他的脸红得像喝醉了酒一样，这倒不是由于劳动，而是由于刚才他对班长说了最重要的话，高度的兴奋还没有过去。他一下没有听明白方世兴说些什么。待等方世兴重复说了一遍，他才用关切的口气问：

“四海好吧？”在他现时看来，什么人都值得关心，应该关心。

“谁知道信上说些什么。”

“怎么不叫五班长念念呵？”

“别说啦。”方世兴往地上一蹲，摆出在地头上跟人唠谈的姿势，把去连部的情形诉说了一遍。最后抱着头说：“没想到老洪这个善性子人，也会生这么大的气。在这里真过不下去。”

“你说什么！我问你，秀英嫂是怎么死的？”

方世兴像给蝎子蜇了一下，摆着手说：

“快别提了，就当没这回事。”

“明明有这么回事，怎么能不提？”

方世兴全身打战，变成一个快要融化的雪人。背过身去说：

“参军那会，我想，走得远远的，听不见人家提她的名字，慢慢也就忘啦。可是真一走，还是啥也忘不了。”

方志坚心软了，轻轻推了他一把说：

“去吧，叫连长指导员给念一念。指导员知道了有什么不好。这不是你的错，也不是秀英嫂的错。屯里都没人笑你，同志们还会笑你？”

信总得要有人看，或许四海有了什么病痛也说不定。方世兴只得离开院子。

风吹来了清新的泥土气息，遥远的地方有只布谷鸟在歌唱。

这气息，这叫声，逗得他心痒，他又想起家里那两垧地来了。

方世兴跨进连部，见连长和指导员都盘腿坐在炕上，一声不吭地在灯光下看文件。他迟疑了一下，鼓起勇气说：

“连长，还有封信。”

他贴紧连长站着，心扑扑跳，眼看连长扯开信皮，抽出印着红线条的信笺，立刻，一切顾虑都消失了。他听连长缓慢地念着：

世兴贤婿如面：

自你参军后，我心里很高兴。可永春兄路过这里时，说你使劲儿不够，我极为不安。近来因支援前方，赶大板车的都很忙。我的收入养活三口人足有余富。四海比过去胖多了，十分活泼，会唱《东方红》了。可惜秀英已经下世，她要活着该多高兴啊！再者，秀英娘嘱你注意寒热，坚决打反动派。切切。

愚岳丈　金受光

方世兴的眼前出现了两张模型相同的鹅蛋脸，一张大的略带着些愁容；一张小的又可爱，又天真。那两张脸并在一块左右摇晃。他痛苦地闭起眼睛，那两张脸蛋反而更显了，逼近过来。若不是传来洪永奎的声音，他就会伸手去抓胸口。

“刚才我说话的声音大了些，是我的脾气不好。可我是为了什么呢？”

方世兴没想到连长还会提起这个问题，有点站立不安。洪永奎把他拉到炕沿上坐下说：

“你自己算算：你一天花在工作上的时间有多少，花在想家上的时间有多少？”

方世兴从没有想过这个问题，追真的回想了一下，便两手擦着膝盖，低头不语了。

“咱们都是庄稼人出身，不下力气怎能长出好庄稼来？你家里的人都盼望你好好打反动派，你满足了他们的希望没有？”

一种淡淡的羞惭感像虫子一样地从方世兴的心上爬过。他偷看连长一眼，见连长正在瞅他，他忍受不住火一样的眼光，低头去看脚尖。

“谁都有一个家，难免要想起家来。可是不消灭反动派，咱们有家也过不了平安日子。你想想过去的家是个什么家，现在又是个什么家？过去的家是千疮百孔，现在的家正在生肉长膘，再不能让反动派拿刀子来扎了。不能，再不能让反动派拿刀子来扎了！”

洪永奎擂了擂炕沿，跳起来急急走动。在他的私心里有个秘密，这就是读了最近的《东北日报》，知道向山东解放区进行重点进攻的反动派军队，占领了他的家乡。他竭力不去想到这一点，不过情绪上总觉有点异样，好像有什么尖利的东西刺着他。为了不让自己被这种感情压倒，他确定了自己应抱的态度。此刻，他就把它率直地说出来了：

“你得把眼光放宽些，想想还有多少人家在受反动派的糟蹋。眼睛往前看，看宽一些。要知道你保卫的不只是自己的家，还有成千成万人的家；那些没有解放的千万人的家也等待咱们去解放呐！”

方世兴的脑子像开了一条缝，有个发光的新东西钻了进去。虽然它并不十分明确，也不强烈。

方世兴走出连部，才知道起了大风。风在野地里呼呼地吼叫，它带着暖意，吹得地上的雪在靰鞡底下塌崩着。在风声中，传来一匹马的嘶鸣。

十五

雪迅速融化，沁进地层。随后水从地底下泛起，路面上的土地变成黏泥，一脚能踩出一摊水。屯子附近的小河逐渐开冻，河两岸，在广阔的田野上，出现了各色的耕马，土地也像开冻了的河流似的泛起褐色的浪花。阳光也一天天增加暖意。春天来到了。这期间，方志坚填了入党志愿书。

一个暖和的星期天，方志坚擦了枪，带着脏衣服来到河边，选了块大石头蹲下，专心地洗开了衣服。河面上流着爽朗的笑声和歌声。

"志坚，你在这儿。我到你班上白跑了一趟。"

方志坚回头一看，是方世兴站在背后，从神情上看出他有心事，便给他腾了个地方，把洗了一半的衣服放在石头上说：

"那回你老丈人的信上怎么说？四海侄儿好吧？"

"他们都好。你们谁都好，就是我不好。"方世兴冲着河水嘟嘟囔囔地说。

"怎么回事呵？说明白些好不好？"

"接到家信那天，连长批评了我。我不好受，可也觉得连长说得对。从那以后，脑袋里像有两个小人儿打开了架，一个说：还是回家去吧。另一个说：回家对得起谁……"

“是啊是啊,回家对得起谁?”方志坚打断方世兴的话,一双乌溜溜的眼睛直望着他的脑袋,恨不得自己也跳进这个扁平的脑壳里去,帮助第二个小人把第一个打倒。

“我也长着颗心,同志们待我好我知道。可我总想,你们脑子里反正把我看死了,是个怕死鬼。”

“是你自己把自己看死了。你不怕死了,谁还会把你看成怕死鬼?同志们怎么看你,要看你自己表现。”

“就是这句话呵。我在战场上表现得还是不好,这个,我自己明白。因此有话也不敢向同志们说了。这两天,两个小人儿斗得厉害的时候,第二个小人就说:‘你应该打个好仗,打出个名堂来!……’”

“对呵!这才是人话!”方志坚又一次兴冲冲地打断他的话头,“你要真打上个漂亮仗,你的心眼儿也会从根翻个个儿。不是我说你,你就是心窄眼浅,看近不看远,啥都想不开。”

“能想开就好了,”方世兴一手揉着石头上的衣服说,“我觉得同志们都跟我隔着一堵墙,就是你也一样。这回我来找你,实在是因为心里再也憋不住了。”

听了这话,方志坚难受起来。到了部队,特别是在第一次战斗以后,确实不愿意跟他接近,要不是他主动来找自己谈心,谁知道他心里想什么,便挨近他说:

“二哥,你想想,你不回家,家里的田地照样侍弄得了;部队里少了个人就少了份力量。”

“话倒是实。不过多我这个人,对胜利也没多大关系!”

“看你想的!”方志坚压住刚冒头的火性说,“要是人人都这么想,那只有让蒋介石称心如意地来喝我们的骨髓了。你没看见江南老百姓是怎么过活的?真要让美国鬼子和蒋介石统治了东北,咱们还有啥活头?二哥,咱们当亡国奴已经当够了,吃橡子面,出劳工，挨打受气，那种牛马生活你没尝过？”

方世兴眨着眼睛，在他的脑子里：第二个小人把第一个按倒了，他舒了口气说：

“以后你多帮着我些，我也不是死脑筋。”

“那还用说。”方志坚笑起来了。

“我帮你洗！”方世兴把那件洗了一半的衣服投进水里。

方志坚脱去鞋袜，卷起裤腿，两条腿往水里一伸，打起一阵阵水花。

方世兴洗完衣服，背后传来声吆喝：“嗬嗬！咄！”他扭头一看，河岸上出现一匹纯白的耕马。他猛地扳转方志坚的肩头：

“嗨，多像你们家的那一头啊！”

方志坚扭转头时，那匹纯白的耕马已经横转身，露出结实的上腿。若不是同时看到了一个高大的中年农民，他真以为就是自己家去年分得的那一头了。转眼间，耕马摆了摆圆滚滚的臀部消失了；农民的手一扬，快乐地吆喝了一声，他的背影也消失了。方志坚拔起双腿，赤着湿淋淋的脚打河滩上跑上岸坡。

方志坚脚高脚低插到地里，向那个高大的中年农民说了两句话，接过犁柄，用嘹亮的嗓音吆喝着，跟在那匹毛色光泽的白马后面走动起来。大块的黑土从脚底下翻起，背脊涨得衣服都要裂开了。方世兴站在石头尖上，用羡慕的眼光瞅他。

方志坚不停歇地来回犁了两道，才把耕犁还给主人，滴着汗跑回原处，把两只泥腿插进水里，一股黑色的泥水往下流淌去。

“想得很吧？”方世兴眯细眼睛问。

“不！我今天高兴。”

“你看出来了没有，这里的土地比咱们家乡的肥。”

方志坚蜷起腿往石块上一躺，没有搭理他。

“志坚，你将来想干什么？”

“这还用问。干解放军！”

“干一辈子？”

“当然干一辈子！”方志坚两手叉在颈后，望着碧蓝的天空。“咱们消灭了反动派，用枪杆子保护着人民的好光景，永远不让帝国主义闯进来！”

“像你那样多好，没有孩子，没有牵挂。我有时候恨自己，怎么偏偏碰上那么些事儿。”

“你又说到哪儿去了？”方志坚坐起来说，“不要尽想过去，要想想将来。我说，二哥，今后再不要胡思乱想了，在班务会上把你的思想好好向同志们谈谈，让大伙儿帮助你。”

“这个，让我想想。”方世兴像给火烫了一下，支支吾吾地回答。

“班上同志们的力量总比我一个人力量大吧，你们又在一块生活。”方志坚诚恳地劝说。他甚至想到：要是两个人在一个班上多好。

方世兴咬着嘴唇半晌不说话，窘迫地望着河对岸，忽然站起身说：

“啊呀，该我放哨了。”匆匆地走掉了。

方志坚一时间又来气了，赤着脚赶上去，在他二哥的背后喊叫：

“你真敢开小差回家，你头天回家，我二天就把你抓回来！”

方世兴吃惊地转头四处望了望，用方志坚从没见过的怨愤眼光盯了他一眼说：

“你放心。我不是吃屎长大的。”

方志坚在耕过的土地上站了好一会儿，恼恨自己还是不理解他的二哥，摸不透他到底是怎么想的。他回到大石头跟前，穿上鞋袜，拿起洗好了的衣服，向杨树林子走去。

“苏广安同志！好呵！”方志坚大声招呼。

苏广安只好停住脚步。方志坚赶到他跟前，拉住他的手直摇晃：

“咱们又碰到一块儿了。真想不到。”

“是呵，真想不到。”苏广安不自然地笑了笑。

“那个小个子呢？”

“他一定要回家，领导上发了些路费打发他走了。唉，他回去还不是遭罪。”

“真是，你们要是一块儿来多好！你好像长结实了。”

苏广安给方志坚的热乎劲儿打动了，初见面时那股窘劲儿已经消失，笑容也变得自然了：

“在后方吃得好啊！训练了三两个月，革命道理也懂了一些。我想过了，一来呢，回家路途迢远，回去还得受罪；二来呢，你们待我好，我记恩。我就要求干部队了。”

“往后咱们互相学习。”

“向我学什么呀，一块废料。”

“你们从前学军事技术还不错。”

“那是硬逼出来的。说实话，我穿上反动派的那套二尺半军装，伤心透了。一上战场，我从来没有认真打过枪。”

“听说你要求调班？”

苏广安停了一会儿才说：

“人总是要个面子呵！我是在你们手里解放的。”

“都是自己人了。还想这些干什么。”

“以后也许会好的。”苏广安含糊地说，头又低下去了。

“我在二班。常来玩啊！”

苏广安不作声，一只脚在地上画着圈圈。方志坚也觉得别扭起来。

待苏广安一走，方志坚皱着眉头说：

“他把解放当成丢脸，真怪！”

“不知道为什么，我也有点不好意思。”

“你不是新同志了，得多帮助他些！”方志坚命令式地说。

方世兴咳嗽了一声，压低声音说：

“听说又要出动了，确实不？”

“大概是吧。”方志坚想起班长的话，不确定地回答。

不过并没有出动，部队照旧天天练兵。苏广安总还是躲着他，只听说学习还上劲儿。

上的纯白的耕马。一个十岁上下的孩子死拉住缰绳坐在一旁号哭。他刚扶起孩子，那个高大的中年农民喊叫着飞奔过来。就在这瞬间响起了集合号音。

袖口上套着红布条子的值星排长，带着队伍，一个跑步，跑进那座绿荫荫的杨树林子。

不知在什么时候，在两株高大的树干上，已经挂上毛主席和朱总司令的半身像，像旁飘动着老挂在连部墙上的“猛虎连”红旗。队伍刚站定，传来马蹄子的缓慢的橐橐声。洪永奎和戈华陪着何建芳进了树林。大伙的眼光一齐集中到团政委的身上。

何建芳政委穿着宽大的单军衣，方头圆口的老布鞋。绑腿打得很紧，皮带也结得很紧，军衣的下摆就散了开来。戴得端端正正的军帽下露出文静的圆脸。他眨着单眼皮，用抚爱的眼光招呼大家。他的胳肢窝里挟着块红绸。

值星排长报告了人数。洪永奎往外走了半步，晒黑的脸上起了一层光彩，两手卡着磨得发亮的宽皮带，说出第一句话：

“咱们就要打出去了！”

一只斑鸠被猛烈的鼓掌声惊飞了。

洪永奎不等闹腾腾的声音停息，退回到朱总司令的像底下说：

“请团政委给我们指示。”

何建芳挟着红绸，走到洪永奎刚才站过的地方。

“我先代表师党委会宣布几件事情。第一件：决定任洪永奎同志为第二连连长！”

洪永奎没想到政委会把这件事情说在前头，他的黑脸膛泛红了，在掌声中向大伙敬了个礼。

何建芳宣布了第二件事情：跟新六军的遭遇战中，二连机动敏捷，抢占了山头，使部队得以顺利展开，师党委决定奖给二连“顽强冲杀”的红旗一面。

那块红绸刷地抖开，在大伙面前飘扬起来。

拖着黄须子的红旗从政委手里转到连长手里，又经连长的手挂到树枝上。

何建芳庄重地宣布了第三件事情：

“俞国才同志追记一等功！”

树林里静止了，只有两面锦旗在轻轻地摆动，鲜艳的红色好像要滴落下来。

何建芳的单眼皮下的漆黑眼睛闪动起来，他趁着战士们此刻激动的情绪，谈到这次打出去的意义。他的声音提得很高，在恰当的地方做着手势。他从北满部队三下江南“调动”了敌人，南满部队四保临江吸引了大部分敌人的事实，引申到没有陕甘宁的兄弟部队拖住大量敌人，没有山东和冀察晋兄弟部队堵着大量敌人，东北战场的作战一定比现在困难得多！他把话题停在这一点上，像木匠把利锯咬进木料，固执地反复申述起来，最后归结到人民解放军是一个整体，各个战场上的关系好像五个手指头一样。迨至从一张张脸上看出大伙已经了解了这一问题，便简单扼要地用嘶哑了的声音提出部队的任务：“因此咱们要打出去，把南北满的解放区连成一片！消灭更多的敌人，减轻关里兄弟部队的压力！在这次战役中人人要争取做毛主席的好战士！”

方志坚凝神听着，团政委激动的声音，像有一股魅力，把他引到辽阔的从没有到过的地方。打出去，一直打出去，就能够见到南满的兄弟部队，见到关里的兄弟部队；就能够见到多少像连长、像班长、像杨占武那样的同志呵！

何建芳讲完话，抹去额上的汗珠，望了望西下的太阳，用兴奋未退的声调对戈华说：

“我走了！”

队伍驻得很散。为了防空，全团要集中动员是困难的。因此团的干部分头下去动员，何政委分到第一营。任务相当紧急，他准备今天把三个连队动员完。

戈华和洪永奎把团政委送出树林。警卫员牵过来两匹棕色的马。何建芳一跃上马，飞快地向三连的驻地奔去。

回到树林，戈华挥了挥胳膊说：

“团政委号召我们要做一个毛主席的好战士！咱们就在毛主席和朱总司令的像前，在咱们的荣誉旗帜下宣誓，好不好？”

队伍里响起浪潮似的回音。

戈华掏出一张折叠的纸片，打开来，却并不念。一百多双闪亮的眼睛望着他，望着他头上的领袖像和飘动的红旗。树林里散着清新的叶香，从叶丛中穿进来的阳光把光影洒在战士们的身上，风吹动着树叶子，使每个人身上的斑斑点点的光影也摇晃起来。人们静静地站着，嘴闭成一条线，单等指导员念出第一句誓言。

戈华举起右手，逐字逐句地念：

“咱们要做一个毛主席的好战士！”

霎时在树林里爆发出宏伟的声音：

“咱们要做一个毛主席的好战士！”

“打到江南去！”

“打到江南去！”

“消灭反动派！”

“消灭反动派！”

……

风大起来，卷来浓烈的土地的香味，树叶在头顶上拥挤噪响，两面红旗飘展着，一会儿卷在一块，一会儿分散开来。

“解放全中国！”

“解放全中国！”

站在戈华旁边的洪永奎，他的心飞过杨树林子，飞过松花江，飞到战斗过的辽东平原和美丽的山东滨海区。他不知不觉地走到毛主席像底下，擎着拳头高喊：

“同志们，我一定要保持二连的荣誉，跟大伙一块，坚决彻底消灭反动派！”

像有什么人在李进山的背后推了一把，他从队列里蹿出来，冲到锦旗底下，抖动结实的肩膀：

“我要永远做个毛主席的好战士！把一个班带好！”

队伍散乱了，人们争着挤出队列，用简短的，最先凝成的，最能概括自己感情的话，说出自己的决心和希望。红旗底下的人，像风卷似的走着，这个刚走，那个又来。队列里一会儿喊出口号，一会儿发出激昂的应和，许多张背脊被汗水浸得透湿。

方志坚一直站在原地没有动。自从他提出入党的要求以后，就觉得党是个能够摸得到的、亮晶晶的、发热的实体；他从没有见到过的毛主席，好像时时刻刻都在身边。此刻这种感觉越发强烈。他似乎觉得心中涌起一股力量，可以去做党需要他做的一切，可以摧毁党需要他摧毁的一切。他望着毛主席像，反复地念着一句话：

“我共产党员方志坚会狠狠地打击敌人的！”

十七

部队坐着呆笨的木船,从日落到日出,在松明和手电筒的照亮下,渡过了汹涌的松花江。杜聿明估计东北人民解放军北满部队是在“利用松花江解冻为屏障进行整补,短期难以发动大规模的攻势”,正在沈阳的行辕里做着好梦。当他惊觉的时候,已经无法阻挡那股气势汹涌的洪流了。

四下江南的北满部队,牢记着自己的誓言,在半个月以内,接连攻下了双阳、怀德、梨树、公主岭等许多城镇,消灭了三个师的敌人。踏着每一块胜利的奠基石,不断前进,和从西满进军的部队一起,把沈长铁路的重要连接点四平市箍在钢圈里面。

晚间,洪永奎连长眺望着一个方向。那里,半空中有个淡淡的光圈,光圈下面就是四平市。去年,在那个城市里,跟数量和装备占绝对优势的敌人整打了一个月,好些烈士的遗体就埋在城东三道林子的高岗上。他们的坟头上大概长满青草,或许再也没有坟墓——不能担保那群“野兽”不会挖掉他们的坟墓。洪永奎的眼睛花了,他渴望着进攻的命令。

这天晚上下着大雷雨,攻城的炮声跟雷声扭在一块,紫色的电光一闪一闪,突然间,有道闪电融在冲起的火光中,爆破成功了。二连随着突击部队从城西角冲进了突破口。被雨水浇得湿淋淋的洪永奎连长，冲过被突击队炸破的铁丝网，渡过两丈多宽的泥水没膝的壕沟，冲过像打破了的扑满似的地堡，向市中心冲去。在他的后面，跟着满身泥浆的疏散的队伍。

敌人激烈地抵抗着，直待抵挡不住了才退守到下一个据点。二连困难地转过了几条街道，待占领了一群洋灰的子母堡以后，天放亮了，这时出现飞机的骚音。

二班蹲在一个大地堡里面，李进山透过枪眼，望见十二架银色的美制飞机，一排三架从头顶上掠过，在后面什么地方投下炸弹。紧接着敌人的山炮、野炮、榴弹炮也盲目地打开了。他在去年四平战斗中见过这种阵仗，不断回头高喊：

“这是吓唬人的。咱们要注意敌人的步兵！”

飞机和大炮不停地轰响着，去年在这里打过仗的老战士都有点不耐烦，杨占武蹬着脚，好像就要冲出去。李进山心里本来也希望早点冲出去，却不动声色地要大家保持镇静。

方志坚开头有点紧张，不一会儿就习惯了。战场上对一切都容易习惯，特别是对没有变化的轰击。既然现在是这样，将来也不过这样。

从背后飞来啸声，越过头顶，李进山的眼前升起一股黑烟，他捏着拳头欢叫：

“我们的大炮响了！”

“我们的！我们的！”杨占武跟着嚷起来，“你听！你听！”

我们的大炮接连着轰轰震响，眼前增加了新的烟柱。敌人的炮被压住了；飞机的声音也不像刚才那么刺耳，大概是飞得高了一点。

通信员苗得雨钻进地堡，涨红脸蛋高叫：

“马上派个人去领手榴弹！二营占了个大仓库，尽是美国武器，搬都搬不完。”

“班长！我去！”方志坚高喊。一说话就得高喊，这一点大家也习惯了。

方志坚跟着小苗钻出地堡，跟别的班几个同志一块，沿着断墙残壁，转到一个广场上。我们的大炮就安放在那里。炮手们用树枝伪装得很好，远望好像一片小小的树林。一个中年炮手向他们摇手，严厉地喊叫着要他们靠边走；一个年轻的炮手从炮座后面伸出头来招呼：

“步兵同志们，你们好好打呵！打敌人的炮兵，我们包啦。”

小苗眨了眨眼睛，用尚未发育的尖音回喊：

“你们能包打炮兵，我们就能包打步兵！同志，别打偏了。”

“轰！轰！轰！轰！”从平列的炮口中，冲出几道气流，炮身上的树枝震动了一下。

“打中了吧！”方志坚猜想。他不但喜欢那个年轻炮手，对那个严厉的中年炮手也产生了好感。

“我真羡慕你们。”苗得雨扭转头来，“到你们班来要不要？”

“提个意见，来吧！我们全班都欢迎。”

“提过了。连长也答应了。就是指导员不放，说我太小。十七啰，还小？唉，包啦，包啦，就是没有我的份儿。”

他们越过广场，贴着墙拐过三条街，望见一串扛着木箱子的人，从一座被打破的楼房里走出来。一颗炮弹在他们附近爆炸，一股散在人行道上的电线嗤嗤地烧了起来，发出焦臭的气味。他们踏着散乱的电线，走进那座楼房。门边站着个参谋模样的人，小苗把一张纸条递给他。他指着一堆箱子说了声“扛吧”，每人扛起一箱就走。

方志坚最后出门，听见背后有个熟悉的声音喊他：

“你是二连的吗？”

方志坚扭头一看，转身站住了。

那是团政治委员！他的打得紧紧的绑腿上全是污泥，脸色黑多了，眼睛里起了红丝丝，现出疲倦的神色。粗壮的警卫员背着卡宾枪，精神十足地站在他的后边，看来昨晚上倒是睡过一大觉来的。

“早晨有没有战斗？”

“没有战斗。”方志坚回答，“在地堡里闷死人了。”

“就你一个人这么想？”

“不止我一个。”

何建芳皱起了眉头。这是说同志们产生了焦躁情绪。原先他也估计到敌人的抵抗一定激烈，但没有想到会用这么些飞机大炮乱轰乱炸。看来，敌人把全部野炮榴弹炮都豁上了。使他更焦心的还是敌人的战术，昨晚上的战斗证明，敌人是刁滑的，他们尽往里一步步退缩，竭力保存实力。这说明前面还有更艰苦的战斗。焦躁情绪，正是敌人求之不得的东西。他决断地说：

“咱们一块走！”

“我们的阵地前面就是敌人。”方志坚惊愕地望着政委。

何建芳笑起来了：

“我知道。”

“首长！我是说前面危险！”

“不，前面安全！我上你们那里躲炮去！”

方志坚无可奈何地带头走了。走不几步，迎面响起嘘嘘的啸声，他赶紧停住脚步，用身子挡住政委，听见政委的声音：

“这一炮远着呐！”

方志坚走几步就回头望望，见政委毫不在意地跨过砖瓦堆，绕过炸弹坑，坚定地跨着步子，便慢慢地安下心来。刚拐过一条街，连续飞来几声啸声，他又用背脊挡住政委。

“你走你的吧，我知道——卧下！”

感动的声音突然转为严厉的命令，方志坚顺从地卧倒了，炮弹爆炸的气浪震得他微微往上一跳。

“快跑!”政委从身旁跳起来，用敏捷的步子迅速地跑向前去，他也跳起来跟着跑了一程，听见背后近处响起连续爆炸的声音。

他们到了广场边沿，方志坚见那个严厉的中年炮手正在向一群拥过来的居民挥着手，跳着双脚：

“快走开啊！快走开啊!”

紧跟着飞来一架战斗机，飞过时扫了一梭子，然后转过身子，向散开的人群疯狂地扫射，好几个炮手同时叫喊：

“快走！快走开!”

“你先回去。我一会儿就来。”方志坚听见政委的命令式的声音。

何建芳明白，我们的炮兵数量有限，要是让飞机发现阵地，使炮兵受到损失，就会影响整个战斗。他要过警卫员的卡宾枪，一头跑进横街。粗壮的警卫员默默无声地跟了上去。方志坚给弄迷惑了，他跟着跑了几十步，靠街口趴下，担心地望着政委。

敌机又一次掠过来，何建芳站在横街中心，举起卡宾枪就打，敌机吃惊地抖了抖翅膀，飞高了。

发现了打它的人，敌机掉转方向，循着横街俯冲下去，扫射了一阵掠过去了。方志坚擦了擦眼睛，见政委跑出去老远，正在向敌机的尾巴射击。

何建芳就这样打一阵跑一段，跟敌机捉着迷藏，把它引走。广场上的居民都走散了，大炮开始轰击。方志坚满怀不安地回到班上，把刚才的情况告诉班长。

“不要紧。飞机碰不掉他的一根毫毛。”

李进山启开手榴弹箱，都是鹅蛋形的手榴弹。他拿起个掂了掂说：

“这家伙没有咱们的好使。只能扔，不能敲敌人的头。”

杨占武噘起嘴说：

“扔都没处扔。你看，敌人就跟你来个死不见面。”

“你歇一歇吧。”李进山扭头对方志坚说。

方志坚确实累了，往地堡中间的洋灰柱子上一靠，没合上眼睛就睡着了。蒙眬间听到熟悉的声音，喜得跳了起来，可不，眼前和连长一块站着的正是团政治委员！他脸上身上好好的，精神反比刚见面时强多了，正在跟班长拉话：

“去年你在这里打过仗？”

“打过。”班长习惯地立正回答。

“你呢？”

“打过。”杨占武接着反问了一句，“咱们怎么吊起来了？”

何建芳指了指枪眼说：

“敌人用组织好的火力等着我们，连眼睛都不敢眨一眨呢。咱们就得作更多的准备工作。打仗心焦不得，比方两个人下象棋，一个毛里毛躁，一个心里有数，你说哪一个赢？”

杨占武领会了政委的意思，安静下来。

“去年的敌人很傲慢，今年的敌人变得刁滑了，把他们从结实的工事里挖出来需得有耐心。咱们也要把工事修结实。”何建芳说到这里，望着洪永奎，“这一点需得时刻抓紧，要让每一个战士都穿上护身甲。咱们不是许褚，不要赤膊上阵。光凭一股子气是不行的。”

何建芳对着枪眼望了一会儿，转身走出地堡，洪永奎陪着他上别的阵地巡视去了。

炮声仍在隆隆震响，飞机仍在头上穿梭来往，不过方志坚对政委的安全再也不担心了。他肯定敌人碰伤不了他的一根毫毛，而且也肯定碰伤不了自己一根毫毛。

晚上，二连向前进攻，占了一排房子，又占一排房子；刚转出一条街，飞机的马达声又响了。地面上敌人发射着红红绿绿的信号箭，给它指示目标。炸弹在附近落下，市街给硝烟尘雾包围起来，燃着的房子呜呜地嘶叫，把火舌伸向天空。他们在炸弹爆炸声中继续进攻。就这样一连四个晚上，每晚上都推进一半条街。在疯狂的轰炸和炮声底下，送饭的炊事员常常被打死在半街上，一天能吃上顿饭就是好的。开水也不容易送上来，只要发现房子里有水缸，不一会儿就见了缸底。干粮袋瘪了，子弹带也瘦下去。白天黑夜，每个人紧张起肌肉和神经，跟疲倦、饥饿、口渴作着斗争。放弃了许多习惯和制度，增加了新的习惯和制度，最经常的一项就是修筑工事。方志坚的胳膊挖工事挖肿了，袖子磨破了，鞋底子也穿了，他都毫不在意，唯独有件事使他气愤：敌人不是出头露面阻挡他们，而是用密集的火力阻挡他们。班上有两个同志挂了重花，本班却没有抓到活的敌人。

下一夜，二连打到敌人的核心工事边沿，二班占领了一所房子。敌人跑过二百多米的广场，躲进一座三层楼的洋房。

在烧红的天空的反光下，二班同志把这间房子搜索了一遍。锅台上没有锅，炕上没有被褥，炕角的一个立柜门敞开着，几件破烂衣服散在炕上。炕底下撒了几堆大便，子弹壳和烟头乱七八糟地混在一起。出奇的是炕头上竟然放着一架留声机和一叠唱片。大概敌人觉得被子衣服比留声机实用。方志坚跳到炕上，把那些破衣服放回立柜，一边骂着：

"简直是土匪！"

李进山发下修筑工事的命令。人们忙碌起来。方志坚抢过一把洋锹，跟大伙一块挖起防弹洞来。

到拂晓时分，屋里挖成了几个防弹洞，墙脚下打了个大洞，在屋外构筑了一道丁字壕沟，通到屋里。墙上掏了枪眼。方志坚透过枪眼，渴望看到那座洋楼。

广场经常被照明弹照亮。广场两侧栽着稀疏的树行，树行后边有两排电线杆。照明弹一亮，绿森森的树行像梦境似的出现；照明弹一灭，眼前就是黑乎乎一片，跳着绿色的小星星。他睁着疲乏的眼睛，尽力不让它合上，一合上就会马上睡着。他望着黑暗，直到响起第一阵的排炮声。

既然炮响了，也就是天快亮了。几天来他摸熟了敌人的这套规律。电线杆子刚才还嗡嗡直叫，排炮一轰，那发抖似的声音立刻被盖住了。

排炮轰到天亮，飞机的马达声又在头上嗡嗡响开。于是在后面什么地方，我们的大炮也张口吼叫。这一切都跟前几天一样。方志坚的瞌睡给赶跑了。或许是因为听到自己这方面的炮声，或许最能催人瞌睡的时刻——拂晓已经熬过去了。

不过，今天出现了不同的场面，敌人的大炮响了一阵就完全停止，被密集的六〇炮和轻重机枪的叫声代替了。飞机也不满天乱飞，一径在头上打旋，用机枪子弹掘起广场上的泥土。李进山判断出敌人的意图，他高声喊叫：

“准备！敌人要反冲锋了！”

人们从防弹洞里钻出来，从墙角落里站起来，贴近枪眼。

在红楼底下——现在能看出是红楼了——钻出一群敌人，跨过马路，踏上广场的边缘。

敌人一爬一起，一起一爬，慢慢逼近。方志坚几次转脸去看班长，班长像铁桩似的动也不动。敌人更近了，船形帽下的眉眼都看得清清楚楚。“嘟嘟嘟嘟！”我们的机枪突然打响了，全班听到班长的喊声，密集的子弹跟着飞出枪膛。敌人有的仰面跌倒，有的卧倒。飞机绝望地在头上盘旋，不敢扫射更不敢投弹。

敌人抵挡不住弹雨的袭击，逃回红楼。

战场暂时沉寂。

洪永奎带着一身尘土走进屋子，下眼皮下面浮起青痕，嘴唇裂了，起了白花，显得更肥厚了。方志坚望着他的嘴唇说：

“连长，怎么不找口水润润嘴呵？”

“一滴水也找不到，水缸给砸得稀烂。连部的房子里只剩下一铺炕，什么也没有了。你们捞到水喝了没有？”

“连茶壶都找不到一把。”方志坚气呼呼地回答。

洪永奎四处望了望，发现放在炕头上的唱机，用手背抹了抹胡髭说：

“唱一唱呵！谁会闹这个？”

“嗵！嗵！嗵！”近处接连落了三发炮弹，窗户摇撼起来，震下几撮蓬尘。洪永奎挥着胳膊说：

“进防弹洞隐蔽！”说罢快步走到枪眼旁边。

李进山把别人赶进防弹洞里，留下自己和方志坚监视敌人。

又是一连三发炮弹，李进山看得很清楚，在靠近的两株电线杆子跟前升起三股烟柱。这两阵炮弹就落在紧跟前，说明敌人的炮兵测准了距离，把自己的阵地作为射击目标了。他拉了拉洪永奎的衣角。

“连长！隐蔽一下。”

洪永奎不答话，依旧贴住枪眼不动。

炮弹越来越密集，广场上的土地翻转身来，土块和钢铁的碎片在烟雾中飞舞，整个房子摇动不休，窗纸全部震破，浓烈的辛辣味灌满全屋，有人发出反胃似的咳呛。方志坚的脑门发涨，好像随时都会裂开。过了一刻钟，或许是半点钟，总之，方志坚感觉那段时间过得很长，炮声停歇了。透过消淡的烟雾，他看到树上的叶子大部分被打掉，打断的电线像乱发似的挂在空中，一株折断的电线杆躺在树枝中间，屋外的胸墙崩坍了一角。他觉得口渴喉干，舐了舐嘴唇，舌头上沾上发咸的沙土。方志坚蓦地这样想：经受了这阵轰击，以后就再没有什么东西可以把他们赶出这个阵地。

战士们从防弹洞里钻出来。杨占武那个枪眼给炮弹震得闭死了。他咒骂着，用枪托捣去崩下的砖土。他的枪口刚伸出枪眼，敌人出现了。

敌人以为这阵炮火摧毁了要攻取的阵地，在老远的地方就吵吵嚷嚷地叫唤："缴枪！"

洪永奎转过宽阔的胸膛，一字一钉地说：

"同志们，待会请他们吃子弹，叫他们闭不拢嘴。"

敌人爬到老地方，就是说爬到一百米处，胆怯了。果然就在那个地方碰到了猛烈的火力。

方志坚不声不响地扣着扳机。他希望，整天就这么打下去；他希望，整天看着敌人倒下去的各种各样的姿势。

敌人向后转了。突然上来个端冲锋式的家伙，在一个退却的士兵身上踢了一脚，吼叫着蹿到前头，卧在一个炮弹坑里射击起来。溃退的敌人也转身向前。

李进山舐了舐干裂的嘴唇，爬向壕沟，杨占武和方志坚先后跟了出去。

端冲锋式的家伙，从这个弹坑蹿进另一个弹坑，灵活得像只田鼠。杨占武连放两枪，都没有把他治倒。李进山一抬身甩出了个手榴弹，那个家伙把头埋在土里，发出闷声闷气的叫喊，威胁士兵们继续爬进。

李进山一摆手，像铜条似的弹了出去，冲锋枪口在胸前转着半圈。洪永奎带着留在屋里的人，亮着刺刀从门口冲了出去。

一见亮晃晃的刺刀，那个端冲锋式的家伙转身就跑。杨占武忘不了两次没有击中的耻辱，一条腿跪在地上，照准那家伙摇晃的背脊放了一枪，那家伙两手一张，扑倒地上。

活着的敌人退回去了。

二班同志回到屋里，洪永奎擦去额上的汗珠，脱下帽子扇风：

“这回过瘾了吧？”

“过瘾了！”杨占武摆弄着缴来的那支冲锋式回答。一抬头，忽然叫喊起来：“连长长了白头发了！”

“嗄！”洪永奎摸了摸头发，迅速地戴上帽子，指着杨占武说，“看你，成了黑脸张飞了。”

大伙望着杨占武哄笑。他眯着两眼说：

“笑什么，看你们自个，都涂了锅灰。”

大伙互相望了望，又都大笑起来。

洪永奎的下巴向炕头一努说：

“唱唱留声机吧。”

绿绒丝盘上安上唱片，一阵喀喇喇的噪音过后，发出轻佻刺耳的女高音。杨占武把唱片翻了个过，还是那个撕肝裂心的音调，他捞起来一看，见上面有洋文也有中文，看到美国两个字，说了句“怪不得那么难听”，就往地上一摔，随手拿了张新的搁上。这回发出了叽叽呱呱的笑声，一会儿高，一会儿低，虽不大像是人发出来的，终究听得出是笑声，大伙也笑着静听起来。

听了一会儿，方志坚有点腻烦：

“小杨，找一找，有没有‘吃菜要吃白菜心’？”

“反动派哪能让唱这个歌子。”杨占武顶了一句。

“等到全国都解放了，灌什么唱片都行。不要说‘吃菜要吃白菜心’，还有‘骑着大马挎起枪’哪！”洪永奎向方志坚笑了笑，走到唱片跟前，挑了一张递给杨占武。

这回唱的是河南梆子，高亢而豪迈的声音组成了健康的旋律，在闷人的屋子里回响。有的人拍着膝盖，有的人低声地跟着哼起来。洪永奎在一段过门中打了个呵欠，伸出大手说：

“谁有烟叶子？”

“连长也抽烟了。”

“这两天沾上了。”

李进山卷了支烟递给连长。洪永奎接过烟，下到防弹洞里。李进山掏出火柴跟过去，连长已经靠着潮湿的泥壁睡着了，卷烟掉在地上。

李进山踮着脚尖走到杨占武跟前，压低声音说：

“别放了。让连长好好睡一会儿。注意警戒。”

十八

洪永奎只睡了五分钟，被苗得雨叫走了。

下午的太阳逼射着，屋子里的人好像装在蒸笼里面。李进山在监视敌人，杨占武背靠墙壁，谈着长白山上的茫茫大雪，谈着各种浆果的滋味，谈着夏天在清凉的溪水中洗澡的心情，经他灵巧的舌头一编排，屋里好像凉爽多了。听的人慢慢地睡着，最后只剩下了方志坚，他半开玩笑地说：

“有一泡马尿我也喝。”

“马尿不是味道，”杨占武指一指班长的背脊，“他在抗战时真的喝过马尿。俞国才对我说的。”

这个名字一出口，双方都沉默了。方志坚两步跑到班长跟前：

“让我来监视敌人！”

“上防弹洞睡去。那里凉爽。”李进山头也不回地说。

“我不困。”方志坚站着不动，苦恼地加了一句，“我是党员。”

“党员也要休息。党员的作用要起在节骨眼上。”

“你一径没有休息。”

“我惯了。需要的时候我就休息。”李进山头一扭说，“小杨，带他一块进防弹洞睡去！”

杨占武摸熟了班长的脾气，别看他平时和和气气，一到打仗时节，他的话就是命令，不准打一点折扣。一把拉着方志坚就走。

几只苍蝇在屋子里撞来撞去，嗡嗡乱叫，增加了恼人的闷热。杨占武悄声地说：

“你刚才说的话没意思，老把党员两个字挂在嘴上干啥？”

“我着急呵！”

“你着急，我比你更着急。我的家就在南满，还从这里撤退过。可是光着急顶啥用。去年的敌人可凶了，戴着亮晃晃的钢盔，腰也不弯，就一窝窝地冲过来。那股子骄气啊，气得你头皮发炸。我倒盼望它还是那个样儿，揍起来省劲儿。可今年的敌人鬼起来了，阴阴闪闪的，不知道搞什么名堂。政委说得对，敌人刁滑了，咱们也得慢慢想法子对付它。”

“组长的草鞋还在我的包袱里包着呐！我想赶快打完仗，穿上它在城里走一趟，让他高兴高兴。”方志坚的声音有点哽咽。

“依我看，这仗还得打好几天！”杨占武忽然嘘了口气，自言自语地说，“是呵，党员的作用主要是起在节骨眼上。在用得着的时候，用得着的地方，啥也不顾虑，豁出这条命去！”

方志坚咬着干裂的嘴唇，不说话，也不动弹，睁着陷到眼窝里去的亮闪闪的眼睛。杨占武用胳膊拐了他一下说：

“睡吧，要不，班长又该说我们了。”一合上眼睛都睡死了。

李进山正在细心地观察红楼。楼正面分布着四个地堡，门侧两个，拐角处两个。楼顶上也蹲着个地堡。敌人的火力怎么样，有没有变化呢？他对准楼顶上的地堡打了一枪，立刻引来一阵猛烈的还击。枪声刚止，他又打了一枪，又引来一阵还击。

李进山判断出红楼正面至少配备有两挺重机枪，四挺轻机枪。他掏出本子，记下它们的数目和位置。

兴奋一过去，他打了个呵欠，眼皮上像压着两块砖头。

飞机的隆隆声赶走了他的瞌睡。广场上掠过机翼的黑影，附近落下一串炸弹，一块破片把房门打了个窟窿，泥土涌进窗口，睡着的人全震醒了，方志坚跳出来抓住班长的胳膊往洞里拉。但班长严厉地喊：

“进去隐蔽！”话音刚落，一串机枪子弹穿过房顶落在墙脚下，杨占武一头撞出门，举起冲锋式向飞机扫了一梭子。附近也响开了对空射击的联珠枪声。机翼侧了一下，掠过对面的红楼顶，逃得没有踪影。

战士们拍去衣服上的泥土，拾起墙脚下的弹头，像扔死老鼠似的扔出窗外。

他们正在咒骂飞机，议论着哪怕只有一门高射炮也好。这时，听见连长的声音：

“打着什么没有？”

“嫌我们太热了，在屋顶上开了几个窟窿，好让我们透透气。”杨占武皱着圆鼻子回答。

李进山发现连长阴着脸，眼睛像两个火球，估计出了什么事儿，悄声地说：

“打着什么啦？”

洪永奎没有回答，走到枪眼旁边去观察。

李进山不好再问，掏出本子，凑到连长跟前说：

“刚才试探了敌人的火力。楼正面至少有六挺机枪。”接着指指点点地说出它们的位置。

“侧面的重火器还没有露。从火力看来，最多不过一个营。”洪永奎仍旧阴着脸说，“晚上叫它好看！”

“二连长！找到你真不容易呀！”

洪永奎寻声回头，见是团长来了。

王树功团长看来走得很急，望远镜在胸前摆荡。

方志坚让到一旁，让团长走过去，见团长的帽檐下也露出几根白发，他不能肯定这是原来的还是才长的。不过团长的步子依旧很轻快，精神还跟过去一样饱满。

王树功走到洪永奎身边站下，却先向大伙讲话，他感觉到了跟着他转的眼睛。

“用不着闷多久了。”说罢举起手腕看了看，“现在是四点一刻。”

大家都明白团长的意思：四点一刻，这就是说天快黑了，照例到了快进攻的时候。

“咱们要拿下这座红楼，推倒敌人核心工事的墙壁！”

王树功说话的时候，好像真的看到有一堵墙壁呼啦地被推倒了。到目前为止，我军已经占领了大半个城市。对这个局面他又满意又不满意。夏季攻势头二十天的迅速进展给了他一个印象：敌人不经打。可是四平攻坚战开始以来，每进一步都要遇到障碍，付出代价，成为胶着状态，这是他不满意的地方。满意的是他的下级干部和广大战士全都勇敢尽责，飞机大炮都挡不住他们的进展。一旦进入核心工事，敌人再想避不见面就不可能了。

洪永奎向团长报告了红楼里的火力情况。王树功沉思了一会儿说：

“我们要压倒他们的！”

“由谁主攻啊？”团长一进来，这句话就卡在洪永奎的喉咙里了。

在几次战斗考验里，王树功了解了这个新连长的指挥能力。至于整个连队的战斗作风，他是老早就知道了的。正因为这些缘故，刚才在营以上的干部会上，他才从几个被提出来的尖刀连队中做了最后决定，用半解释半安慰的语调否定了三营长的意见。他望着洪永奎渴望的眼神说：

“由五连攻侧面。你们攻正面。”

墙角落里有人情不自禁地拍起手来。

王树功扳着枪眼瞭望。趁此机会，好让二连长有时间考虑一些问题。

洪永奎独自走动起来。走了几个来回，挨到团长身边问：

“几点钟进攻？”

“八点钟用步兵炮掀掉那些乌龟壳。你们在八点零五分进攻。详细情形找一营长谈吧。”

洪永奎掏出银壳怀表，跟团长的手表对了对，小心地放回上衣口袋。王树功向屋里扫了一眼说：

“同志们，看看你们跟五连到底哪一把尖刀锋利？大楼上见！”

他飞快地走出门，向五连的方向走去。就是电话线不给炮火打断，他也要亲自到尖刀连上走一趟的。

“把突击班的任务交给咱们吧！”

好像商量好了似的，李进山一开口，霎时间连长的身边围满了人。一个个露出同样的神情，说着内容相同的话，简直要把他抬起来了。

不说二班的质量，单就二班守住了最突出的阵地这一点也就够条件了。何况二班长还认真地试探了敌人的火力。他把每张脸孔端详了一下，答应了。

“咱们趁早准备准备，先去搬炸药。方志坚……”

“炸药等会叫人送来。”洪永奎截断二班长的话，“敌人还可能反击。”

洪永奎出门不久，炸药包由五班三个战士扛来了，苏广安和方世兴也在其中。三个人都像刚从泥土里面钻出来似的，方世兴的脸上糊着泥土和血痕。

“怎么啦？”李进山望着他的血糊脸说。

“一颗炸弹把房子炸垮了。三个挂了重花，别的……”

李进山的脸唰地变紫了：

“五班长呢？”

“牺牲了。连长把我们编在你们班上。”

周围响起了愤怒的声音。方志坚的嘴唇咬出血来。

李进山见那三个人都是阴郁郁的，情绪不正常，捺下自己的火性，安慰了他们一阵，把他们安置到防弹洞里去休息。指定杨占武当爆破组长，一块去看地形。

方志坚下到防弹洞里，见三个人都闷倒头在那里一股劲儿地抽烟。他挤到方世兴身边，默坐了一会儿才说：

“炸弹皮崩的？”

“这是班长的血！一听到飞机声音，他凶狠狠地把大伙赶进防弹洞，他自个儿来不及进去，就倒在我身上了。有一个防弹洞全炸掉了。”方世兴没说完就流下了眼泪。

“哭什么，眼泪就那么不值钱！”另一个叫张光宇的战士闷闷地说了一句。

这张光宇本是全连出名的爱笑爱闹的人物，在行军时常常见景生情地编上个快板，休息时模仿连长指导员的声音姿态讲上几句话，逗得大伙哈哈笑。此刻，他的性情好像全变了，眼睛里能点着火，额角上有条粗筋一跳一跳，说完了又使劲儿地连连抽烟。

“是啊！”方志坚接着说，“咱们要给五班长他们报仇！”

苏广安阴沉沉地说：

“没想到敌人的飞机还那么凶！”碰到方志坚的眼光，他避开了，像对自己说话，“到底还得打多久啊！”

“这不是打到敌人的核心工事来了？快啰！他顽强，咱们更顽强，迟早叫他们完蛋。”

苏广安斜望了方志坚一眼不放声了。

“方世兴，还有烟没有？”张光宇伸出染着血的手掌。

方世兴从荷包里倒了一撮烟叶子给他。张光宇卷好烟，接上火，连着抽起来。方志坚看着他那副模样，心头像有把刀子在割。

“天一黑就要进攻。养养精神吧！”

“这不是在养精神！”张光宇闷头闷脑顶了他一句，让烟雾把铁青的长脸包围起来。

“方志坚！”听见班长的声音，方志坚跳了出去。有人在他的背脊上撞了一下，张光宇蹿到他面前去了，吼叫着：

“二班长！爆破有我一名！”

“你歇歇吧！”

“我歇够啦！”张光宇的声音像在吵架，方志坚看出他全身在颤动。

班长答应了。四个人又一起去看了地形，决定了怎样冲到红楼跟前，炸药下在什么地方。

天刚落黑，洪永奎来了。他同意爆破组的人选，却不同意爆破组的计划。

“为什么要从这个炮坑跑到那个炮坑？好隐蔽？避免杀伤？不对，趁敌人被炮火打蒙的时刻直冲到红楼跟前，才能真正避免杀伤。要知道，敌人的地堡在那时候早被我们的炮火摧毁了。我们要相信炮兵！”

方志坚静听完连长的话，不出声地笑着。每逢这种场合，他总觉得自己好像在无尽头的云梯上，往高爬了一级。不知怎的，前几天在广场上遇到的那两个炮手的形象突然浮现出来。他相信他们。

他们静待着攻击的时间。照明弹、曳光弹、红绿火箭，像放花筒似的在空中来回奔窜。洪永奎把银壳怀表放在掌心，不用手电也能看清表上的分针。

几颗炮弹从头上窜过，落在地堡附近。整八点！炮弹突然密集，地堡上蹿起一道道火光。表上的分针刚指上“Ⅰ”字，爆破小组就在连长的命令下，跳过炮坑，一直跑到地堡跟前。地堡早给炮火打成了哑巴，敌人许是死在里面，许是循着暗沟躲进了红楼。

炸药一响，二班同志乘着浓烟冲进锯齿形的爆破口，洪永奎带着后续部队跟进，在楼底下和五连会合。经过一阵不大激烈的抵抗，敌人十个八个地从黑暗的墙角里钻出来，交出武器。

方志坚记得那个虎蹲在屋顶上的地堡，他刚刚循着盘旋曲折的铁梯冲上屋顶，听见张光宇的哑声吆喝：

“要活快点走！还等飞机？飞机也救不了你们！”

他看见张光宇从打塌一半的地堡里赶出三个发抖的俘虏。他又细搜了搜，只扒出一挺轻机枪。等他扛着下到楼底，战斗已经结束，手电筒的光亮在袖筒里一闪一闪，地上跳着晃动的光圈。

队伍在楼底下集合，黑暗中听见团长的快乐的声音：

“敌人不但给我们补充了武器弹药，还给准备下开水大米饭。同志们！喝足了，吃饱了，再去找敌人算账。”

四大桶开水和两大锅大米饭抬到大厅上，一时只听见茶缸子碰茶缸子的声音，咕嘟嘟的喝水声，四大桶开水霎时见了底。

吃饭时，张光宇不安生地望着窗外的红光，挪动着双腿。

“快吃吧。”方志坚在旁边劝他。

“吃不下！不想吃！”张光宇的双眼不离窗子。

“仗要打，饭也要吃。你白天也没吃上饭吧。”

“告诉你吃不下！”张光宇走开了。

匆匆忙忙地吃完饭，队伍又投入战斗。

敌人还是采用老办法：死躲在工事里打枪，直到支持不了才退进另一个工事。随后一切又从头开始。在追击中，苏广安老是掉在后面。

一小群敌人从工事里溜走，方志坚追在前头，前面出现个灰乎乎的大地堡，敌人得救似的加快了脚步。张光宇突然从后面插上来，吼叫着扑奔过去。地堡里吐出火舌，张光宇跑着倒了下去。方志坚浑身冒火，贴着墙紧撵不放，墙头上打下来的土掉进他的领子。眼看快要追上，敌人钻进了盖沟，从里面盖上盖子。方志坚几步贴上大地堡，迅速地往枪眼里塞进一颗手榴弹，附近的墙头上有道火光一闪，像有人在方志坚的背后推了一把，把他推倒地上。地堡里传出爆炸的声音。

他以为手榴弹大概爆着了什么爆炸物，是气流把他震倒的。他撑着地面想站起来，右腿像有一根锥子在扎，左胳膊软绵绵的，身体全不受自己的支配，脑袋呼隆隆打转，隐隐听到离得很远很远的枪声，天一下子压了下来……

方志坚忽觉浑身一震，睁开眼睛，发觉自己仰躺在一个人的背上。天空中通红一片。不远处有枪声。他嚷了起来：

“放下！放下！”

那人走到一堵墙跟前把他放下，转过身来。是方世兴。

方世兴扶着他靠在墙上。他的右腿一阵阵发痛，咬着牙问：

“我真的挂花了？”

方世兴脱掉衬衫，撕成裂片，包扎好他的伤口，把脸转过一边说：

“志坚，我看着你长大，眼看着你受苦受罪，没给你分毫帮助，我是有心力不足。到了连上，对你也没有一点照应。”

“提这些干啥？打仗还能没有挂花的？快回去，多个人是份力量。”

“你呢？”方世兴转过脸来迟疑地说。

“我不要紧。”方志坚迸出这句话，脑袋又打起旋转，方世兴的轮廓模糊起来。“不能再昏过去了！”他在心里对自己说话，睁大眼睛，用右手死劲儿拧着那条好腿。眼前慢慢清爽，方世兴还蹲在对面：

“还不走？同志们都在打仗！”

方世兴站起来四处望了望，招着手叫起来：

“喂！喂！这里有个彩号！”

随声奔过来几个担架队员。方世兴帮着把他的叔伯兄弟抬上担架，蹲在旁边说：

“别发躁，别喝凉水，别吃辣子……”

“好啦，好啦，我都知道。”

担架抬高了，方志坚吃力地仰起头来：

“二哥，别忘记咱们在毛主席像底下的宣誓！”

担架抬得很稳，遇见好几队担架队员急忙忙地擦过去。枪声慢慢地离远了。

方志坚几次想回头望望，一仰头眼前就发黑。他望着烧红的天空，脑子里跳出乱哄哄的想头：方世兴该回到战场上了？啥时候能拿下四平？这鬼伤口几天才能好？十天？半个月？突然有个想头刺痛了他：没看到四平解放就下来了。他想哭，但立刻忍住了：不要紧，最多半个月就能回班。

十九

方志坚在绷带所里上了药，连夜转送后方。

担架一天一换，晓行夜宿，每到一站就由兵站给安置到老乡家里去休息。那些人家的门口都挂着白布门帘，屋里熏着艾草，苍蝇飞不进去，存不住身。老太太、小姑娘一会儿端来开水，一会儿端来稀饭，只要伤员一哼哼，就在耳朵旁边轻轻地说着问寒问暖的安慰话。就这样走了三天，方志坚被抬上北去的火车。

方志坚躺着的那节车厢，原先是普通的三等车厢，现在改装成为伤兵睡车。窗口钉上木板，座位拆去了，改成上下两层的木板床，褥子底下铺着厚草，挺软和。他躺在下层，很快跟邻铺的伤员搞熟了。这个车厢由四个民工专门照料，他们白天黑夜递水递饭，背着重伤号大小便，简直没有合眼的时间。一到大一点的车站，就有机关学校的代表，打着旗子，上车送饼干糖果，送花生纸烟，挨床慰劳。

方志坚闻着硼酸的气息，一心盼望早到早出院。火车偏偏开得很慢，天一亮就在小站上停下，把车厢一节节疏散开，到黄昏时节才接起来再走。这是因为前几天有辆车顶上盖着大红十字旗的伤兵车遭到了敌机的扫射。白天不走，晚上也经常停下来，先让满载军用品的列车过去。

离嫩江桥不远的时候，火红的阳光从木窗缝里穿进来，列车照例在一个小站上分节拆开。周围是一大片草甸子，像蝇子大的草蚊钻进车厢里，不声不响地叮吮着伤员们失血的皮肤。民工们从这头跑到那头，拍打草蚊。

进来一个中年妇人，穿着干净的青布衫裤，剪短的头发上缚着一条白头绳，提着一把大铁壶，后跟一个不满十岁的孩子，也穿着青布衫裤，端着一叠土碗。妇人从孩子手里拿过一只土碗，斟了大半碗茶水，递给靠门躺着的伤员：

"同志！喝碗茶水吧！"

那带着些沙哑的声音，方志坚像是在哪里听到过，可是车厢里的光线太暗，看不清她的脸部。那妇人挨着铺位递送茶水，慢慢走近，待隔开一个铺位时，方志坚可看清楚了，是她！错不了！他高兴地喊起来：

"许大嫂！"

妇人敏捷地走到他的铺跟前。方志坚用好胳膊支起上半身说：

"你还活着？我们都当你给反动派抓走了。"

那妇人死瞅着他的脸。方志坚紧接着说：

"去年腊月间下江南，咱班在你家待过。"

"啊呀！"许大嫂欢叫起来，"你就是最年轻的那位同志吧？你不提，我真认不出来了。"

许大嫂边说边扶着他躺下，随即递给他一碗茶水。他几口喝完，抹了抹嘴说："二次下江南，我们路过许家屯，还到你家探望来着。见大门上了锁，贴了封条，还当你娘俩也遭了反动派的毒手哩！"

许大嫂的眼圈红了，搂着靠在怀里的孩子说：

"要不走，准没有个活。听说你们往回撤了，我寻思留下准是死，不能让许家断根。就丢下那个破家，带着保娃投奔解放区来了。在这儿重新安了家，间天到车站上卖茶水，赚口饭吃。同志！伤在哪？要紧吧？”

方志坚像是碰到亲人，从根到头讲起别后的情形。一个四十来岁的民工笑嘻嘻地走过来，冲着许大嫂说：

“大妹子，让同志多歇歇，别累着他！”

方志坚头一摆说：

“累不着我，我还乐呐！”

他本以为许家娘俩凶多吉少，没想到她娘俩都是好端端的，脸色反比初会面时丰满多了，哪能不乐！他在床头上摸过一包慰劳烟，递给民工一支，自己抽了一支，像开冻的河水似的哗哗哗讲起四平战斗的经过。那个民工见他精神挺好，讲得又有趣，一时听得入神，也就忘了自己的职务。

许大嫂坐在铺沿上，一边听一边打量这个小伙子，见他的军衣短了些，肩头上隐约有几点血斑，冒出一股子汗味，禁不住插问了一句：

“这套衣服有多久没洗了？”

“往下送的时候换上的，怕有六七天了。”

保娃在方志坚的腿肚上拍死了一个草蚊，尖着声音说：

“叔叔！打死了多少反动派？”

方志坚猛想起自己曾经决心要替许大嫂的丈夫报仇，现在却躺在火车上动弹不得，这算啥呀？他望着床板说：

“大嫂子，我对不起你。我打了一半就下来了。”

许大嫂知道他是指什么说的，凑到方志坚的脸跟前说：

“同志！咱家的冤仇已经报了。前天有个熟人从九台县来，说咱们屯子里的狗乡长宋大棒子给抓起来了。”

“抓起来了？”方志坚的上半身全支了起来。

“说是从一个大烟馆里拖出来的。他还直嚷着‘饶命’哩。狗王八作恶万年，也有他报应的一天。要没有同志们在前方拼死拼活消灭反动派，哪能抓得住他呀！”

方志坚舒心舒意地躺下，又抽出支纸烟递给民工。

许大嫂的短发上的白头绳一晃，站起来吩咐孩子：

“我回家去一趟。你照护叔叔们喝水。一个钱也不准收。”

她的短发来回摆着，轻快地走到车门跟前，跳了下去。

方志坚把保娃拖到床边，翻看着孩子的手说：

“手不肿啦。还拾柴不？”

“拾的。叔叔！”保娃转着溜圆的眼珠子说，“拾了自个儿烧饭烧水，没人来问咱家要柴火了。”

方志坚把几块慰劳饼干塞进孩子的口袋，又拉起他的小手说：

“学会什么歌子了？唱给叔叔听听。”

保娃刚唱了句《东方红》，斜对面的上铺上有个伤员哼叫起来。他连忙提着茶壶跑过去，那个民工也跟了上去，斟了杯茶水递给伤员。

大铁壶里的茶水倒空的时候，许大嫂又在车厢里出现了。她挟着一包东西，走到方志坚铺位跟前，把布包放在他的身旁说：

“同志！这套军衣你拿去替换！”

方志坚认识那个布包，也熟悉布包里的军衣的历史，那是许大嫂冒着生命危险保存起来的军衣。他的心剧痛起来，往里挪了挪，好像躲开那个包袱似的。

“水，我能喝；这套军衣不能收。”

许大嫂把布包往里推了推。

“你留着有用，我留着没用。反正保娃他爹的仇人已经抓住了。”

“进了医院会发军衣的。”

“发了也得替换啊！”

“有两套尽够了！”方志坚抓起布包塞给许大嫂。许大嫂退后几步说：

“伤好了回到前方，替我问同志们好。胜利归来别忘记到咱家来坐，就在车站后面的小街上，问许德胜家的就是，问吴月娥也行。同志，好好养伤呵！”说罢拉起孩子走了。

方志坚擎起布包在后面高喊，差一点翻出铺外。

那个民工扶着他躺下，用长辈的口气说：

“人家大嫂子一片诚心，你不收就跟咱老百姓不一条心了。来，换一下！”

方志坚坚决不换，拿布包当了枕头。这个意外的会见，使他更强烈地想念前方的同志。

火车经过齐齐哈尔和哈尔滨的时候，都有医生上来换药。方志坚总忘不了问那句话：伤口几时能好？但都没有得到明确的答复。

在一个小城的车站上，伤员们下了车，被抬进了后方医院，方志坚给安置在一个安着六个铺位的大房子里。护士当天给他擦了身子，硬逼着他换上干净的军衣。这套衣服过于宽大，证明许德胜在世时是个魁梧壮实的人。

第二天动了手术，医生在他的大腿中钳出子弹，上了夹板，叮嘱他不许乱动。

医生是个戴眼镜的瘦长个子，每天上午来一次，下午来一次，有时亲自换药。他问得多，讲得少，尽管方志坚追着问他伤口得几天才能养好，也没能问出半个字来。

方志坚除了问伤口几时能好，就是问前方战斗消息，同样问不出结果。直到第六天下午，值班护士扬着张报纸跳进来说：

“我们在四平歼灭了一万六千名敌人！”

整个病室闹腾起来，正在哼哼的伤员也笑出声来。方志坚高兴地问：

“四平什么时候打下来的？”

“咱们撤出来啦。”

病室顿时静下来。方志坚把被单使劲儿往下一推，停了好一会儿才问：

“有我们二连的消息没有？”

接着他说了团的代号，连长和指导员的姓名，甚至把全班同志的名字都讲了一遍。护士认真地在报上找了找，抱歉地摇了摇头。方志坚用恳求的声调说：

“往后见到二连的消息，别忘了告诉我！”

值班护士天天来给伤员读报，可总是没有二连的消息。方志坚的伤口慢慢见好，腿上的夹板取下来了。

取下夹板的当夜，方志坚一觉醒来，尿急了，一看护士不在屋，隔壁有人高声哼叫，护士想必上那边照料去了。没日没夜地让护士服侍，大小便都由他们来接，早就过意不去了。再说躺了二十多天，也该试一试腿劲儿。他下了床，用好手扶着墙，上了厕所。回来时伤腿在门槛上绊了一下，一躺下，伤口像火烧似的灼痛，他咬牙忍了半夜。

第二天上午，瘦子医生一看他的伤口就训开了护士。方志坚赶紧说明情况，医生皱起眉头说：

“叫你不要乱动就不要乱动。谁叫你不听话呵！”

医生的神气比连长还严厉，方志坚受不住，哑着声音说：

“那到啥时候才能动？叫我躺一辈子医院？”

瘦子医生摇一摇头不说话了，开始动手换药。方志坚只觉伤口一阵冷，一阵热，痛进骨髓缝里。他咬住下唇不哼出声来。医生最后又在他的腿上上了夹板，用被单盖严他的胸口说：

“往后千万别自己下床。有事就叫护士，这是他们的职务。你这一下，至少多耽误了一个月。”

多耽误了一个月！方志坚打了个冷战。自此以后，再也不敢随便动弹。

这天正在午睡，有人推醒了他。他迷迷糊糊地睁开眼睛，见床边站着两个人，一个是戴眼镜的瘦子医生，两手插在白罩衣的兜里。另一个是个宽肩膀的军人，正在弯腰瞅他。那人的脸孔好熟，像在哪里见过。他揉一揉眼睛，呵，是师长！他一手支床就要撑起来，师长按住了他。

“不要乱动。记住医生的话！”

看来，医生已经把情况告诉给师长了。他有点不好意思，躲过师长瞅着他的眼睛。

李传纬师长在床沿坐下，摸了摸他的额角，细声低语地说起话来，像是生怕说重了会触伤他的伤口。

“方志坚同志，在医院里，医生就是你的上级，你要听他的话。有困难没有？”

师长暖和的手一贴上，他的眼睛就潮湿了。此刻，又从师长的语调中觉出了父亲似的关怀，他舐了舐干燥的嘴唇高声回答：

“报告师长！一点困难也没有！我就是发愁不知啥时候能回前方。”

“伤好全了就回前方。对不对，医生同志？”

瘦子医生笑着点了点头。

方志坚想问师长一个问题，说出来时却变成另一个问题：

“师长一个人来的？”

“到哈尔滨来开会。前几天才开完。纵队首长派我代表纵队来看你们。”

“报告师长！我没有完成任务。……”方志坚有点激动。

李传纬把他的头按在枕头上，打断他的话：

“我看了你们连上的报告，你很勇敢，人民需要像你这样的战士。听医生的话，听我的话，好好养伤！”

师长又看了看其他的伤员，就向别的房间走去。

“师长！咱们怎么撤出四平了？”方志坚掀开被单问。

李传纬立定了，回过头来，他的眼睛里射出坚决的光芒：

“四平终归是咱们的！咱们东北战场已经转入了反攻！你听说了没有，杜聿明被我们打得滚蛋了。以后再唱‘吃菜要吃白菜心，那支歌儿，后面那句歌词可得改一改了。”

方志坚见师长举步走开，急忙喊叫起来：

“请首长给咱连同志们带个口信，说我伤一好马上回去！”

李传纬师长转回头，伸起一只手掌，缓慢地斜劈着空气说：

“第一步是先养好伤。第二步才是回前方。”说罢他向所有的病床扫了一眼，好像这话是说给全室伤员听的。从那些亮晶晶的送别的眼光中，他感受到深切的依恋和热望。他一出房门，就悄声地说：

“我的话大概是多余的。医生同志，尽快地把他们治好吧。”

医生伸出手来。李传纬从潮热的手掌里感觉出诚意的回答。

二十

李传纬师长在几个后方医院里慰问了本纵队的伤员，立刻乘火车赶回前方。

他在郑家屯下了火车，在车站的贴报板上看到了刺目的大字标题：

把战争引向蒋管区　我刘邓大军越过天险黄河

李传纬一口气读完了这条消息，兴奋极了。美蒋反动派半年来采取了所谓的“剪刀战术”，把进攻山东解放区和陕甘宁边区的侵犯军作为他的剪刀的两个钳，妄想由此逐渐收缩刀口。晋冀鲁豫军区兄弟部队的这一中心突破，就像铁锤一样，一下子敲掉了这把剪刀的键子，使剪刀成为两片无力的铁片。对美蒋反动派来说，这是致命的打击！李传纬的面前，这时自然而然地出现了一个人的形象——毛泽东同志的形象。是他引导着革命战争不断地从一个胜利走向另一个胜利。

接着来的却是一种沉重的责任感。革命战争越向前进展，自己的责任越重。这个感觉近年来特别明显。他的思想从对全局的衡量中迅速地转向本部队的工作。

他沉思默想地转过了热闹的拥挤的市街，找到了纵队留守处。在那里搭上了运输弹药的卡车，赶奔驻地。

七月末的白天是冗长的。卡车驶到本师的驻区，平西的太阳还发出炙人的强光。在两个屯子之间，卡车追上了一个低头疾走的军人，他认出那是二连长洪永奎。正要招呼，卡车从他身边驶过去了。

“停一下，司机同志。”

卡车猛地刹住。李传纬探出半个身子，向后面叫喊：

“二连长！”

洪永奎跑步上来，在车座跟前立正，李传纬一弯腰，把洪永奎拉上踏脚板，让他在车台上坐下：

“上哪儿？跑得这么急？”

“上营部开会。”汗虽然从脸上往下滴，但洪永奎没有擦它。

“还不到时候吧？”

洪永奎掏出怀表望了望，不作声。

“快到了是不是？”

洪永奎点头承认了。

“营部在哪儿？”

“前面那个屯子就是。”洪永奎站了起来。

“坐下，咱们一块走。司机同志，这是我们‘顽强冲杀连’连长，请你送他一程。”

卡车开动了。离开部队二十多天，李传纬很想直接了解一下连队的情况，可是那个年轻的司机不知道是要补偿停车损失的时间，还是要在“顽强冲杀连”连长面前显一显自己的本领，用一只手扶着舵盘，开足马力直驶。李传纬只来得及说上几句话，车已经驶进屯子。

“这样吧，开完会马上到团部来一趟，我在那里等你。团部移动没有？”

“还在老地方。”洪永奎跳下车，站在路旁。

“没耽误你开会吧。”司机笑着打了个招呼，飞快地开着车走了。

卡车驶到长满果树的屯口。李传纬认出这是五团团部的驻地，叫司机停下车，循着电话线走向团部。

李传纬刚掀开团部的门帘，王树功一跳下炕，快步迎上前去：

“啊！师长回来了！”

两个长征干部隔着炕桌坐下。团长给师长倒了一杯开水，劈头就问：

“听到毛主席的消息没有？”

“还在陕北的山沟子里转圈，指挥全国解放战争。听说一天只睡五六个钟头，身体倒很好。”

最后一句话使王树功安心了，短短地抽了口气。李传纬把茶杯往前一推说：

“咱们的刘邓大军过了黄河！听说了没有？”

“看到电报了。”

“局势变得真快。我到医院里转了几天，坐了几天火车，就差一点成了瞎子。”

李传纬喝完水，随手拿起摊在炕桌上的书，看了看封皮，是西蒙诺夫的《日日夜夜》，他满意地瞅了王树功一眼。

王树功这时正在看墙上的地图，背脊微微震动着，好一会儿才转过身问：

“咱们什么时候动手？”

李传纬自然了解他的老伙伴的心理，慢吞吞地走到他的下级身边：

“还得学习一个时期。”

“呵，呵……”王树功的眼神近乎一个贪心的孩子。

李传纬在地图上找到东西两侧插着小红旗的四平市：

“四平是东北第一个堡垒城市，是沈阳和长春的枢纽。杜聿明这才费了九牛二虎之力，派出所有能够派出的援军，来解救这个重要据点。”

他瞥见从四平两端通往沈阳和长春的一线上，两侧插遍了小红旗，就是没有插在铁路线上，禁不住牙痛似的咝了一声。王树功插了一句：

“敌人正在用全力抢修铁路。”

“他们利用不了这条铁路线的！”李传纬冷笑了一下，背着一只手在地图跟前踱了几步，沉思着说：

“今后在东北的战斗主要就是攻坚战斗了。”

师长这句话并不是专对团长说的。他向来都是这样，当一个新的概念产生以后，就要不断地跟同级和直属下级反复申述，跟本身的工作经验结合起来。他四处瞥视了一眼问：

“老何呢？”

“阶级教育就要开始，把他忙得够受，他吃了晚饭就到二营动员去了。啊，师长还没吃饭吧？”

“吃不下，吃不下，”李传纬连连摆手，“就是想喝水。是的，进行有系统的阶级教育，学习攻坚战术，是这次整训中的两件大事。进行得好，下次再打，喏，就是这个样子了。”

李传纬走到地图跟前，拔起一面小红旗，从容地插在四平市的圆圈里面。

门外有人喊了声报告，王树功应了一声，洪永奎满脸大汗走了进来，虽然衣服都湿透了，服装还是穿得整整齐齐，一个风纪扣都没解开。

李传纬随手倒了杯水递给他。洪永奎犹豫了一会儿，接过茶杯，咕嘟、咕嘟一口喝完，把杯子往炕桌上一放，挺直地站在炕边，等待师长的问话。王树功对他的到来感到突然，用疑惑的眼光打量他一下说：

“不是情绪不好吧，唔？坐！坐下来谈。”

洪永奎端端正正地在一张凳子上坐下，面对着团长笑了笑，好像是说：看吧，我会情绪不好？确实，他看得很清楚，敌人是在走下坡路了。虽然部队撤出四平，可是并没有再回江北，就扎在四平不远。还有什么情绪不好？

李传纬喜欢下级干部那种自然和沉着的姿态，碰到这种场合，他的心境就格外愉快，而且容易流露出来。他敲了敲立在炕桌旁边的崭新的电话机子说：

“你们连里也换上这号美国机子了吧？”

“换了。”

“好不好使？”

“不知怎么搞的，容易出毛病，今天又坏了好一阵子，使不惯。”

“慢慢地就能使惯了，开头总是这样的。”

李传纬微笑了一下，转到他要了解的问题：“你们连上这两天在做什么？”

“帮助老乡锄草。”

“情绪怎么样？我问的是一般情绪。”

洪永奎概略地说出了连队的思想情绪：一部分新同志由于上次的伤亡比较大，情绪上有点波动；老同志中有一部分对整训兴趣不大，吵嚷着要上级再给战斗任务。

李传纬从对方的语气和着重点上，发现他本人的情绪也属于后一类，便用劝诱式的语气说：

“你们‘顽强冲杀连’，在这次整训中也得起模范作用呀。”

洪永奎前天在连以上干部会上听了团政委的报告，对于专门用半个月时间进行“诉苦”“挖苦根”教育，停止一切军事课目这一层总是想不通。现在师长既然把话题转到这上面，就直截了当地提出自己的看法：

“按理得学好军事再去打四平，怎么专搞诉苦教育呢？”

现在二连长的思想情绪已经明显地表露出来。李传纬从来就认为，要做好一件工作，首先得弄通干部的思想，因此新任务一来，他总不肯放过一个可以教育干部的机会。他严肃地说：

“你以为光凭军事技术就能打胜敌人了吗？而且也正是为了学好军事，才要先搞诉苦教育。提高了阶级觉悟，什么事情都好办，否则学军事也学不好。”随后他就针对这一点发挥起来。师长的话浅显而又深刻，像过去一样，洪永奎被他的话抓住了。

电话铃响起来，王树功拿起耳机，讲了几句话，转脸对师长说：

“师政委请你马上回去！”

“耳朵真长！躲一会儿也不行。”

见师长站了起来，王树功急忙向门外高喊：

“警卫员，备两匹马！”

李传纬突然想起一件事情，对洪永奎说：

“你们连上的方志坚叫我传个话：说他伤一好马上回来！”

洪永奎想不到会从师长口中得到方志坚的消息，正要打听详细情况，师长接下去说：

“医生说他伤了腿骨，至少得休养半年。当然我没有告诉他本人。我看这小伙子在医院里待不住，你们多给他写写信，宽慰宽慰他。”

一听马蹄子响声，李传纬转身走了。洪永奎跟着团长把师长送到门外，自己也随即告辞。

他回到连部时，戈华正趴在炕桌上写东西，头快要埋到纸上。

“还在绣花？”

“老洪！搞诉苦教育还是第一次，不亲自掌握恐怕搞不好，你参加第一排怎么样？”戈华说话时也不停笔。

洪永奎应承下了。当他了解了工作意义，总是竭尽全力去完成。

戈华又吃力地写了几行，把几张纸递给连长：

“这是全连动员大会上的讲话提纲。你提提意见。”

刚从亮处进来的洪永奎简直分不清笔道，拿着提纲出到门外细看。上面写着讲话要点，有些地方注着“发挥”或“加强”的字眼，每一段后面都有些用括弧括起来的例子。他觉得应该强调一下跟军事练兵的关系，交还提纲时提出了这个看法。戈华想了想，又把头埋在纸上补写起来。

洪永奎脱掉汗透的军衣，很想擦一擦身子，叫了两声小苗没闻应声。戈华头也不抬地说：

“锄草的都没回来。”

洪永奎在墙角落里拿起把锄头，向戈华打了个招呼：

“你绣你的花，我到地头上去一趟。”

队伍扛着锄头嘻嘻哈哈回来时，天全黑了。洪永奎回到连部，见指导员一只手撑着腮帮子，坐在豆油灯前出神，大概正在考虑讲话的内容。洪永奎没有惊动他，吩咐苗得雨打了一满盆水，在外屋痛痛快快地擦了个澡。刚披好衣服，集合的哨子响了。

动员大会的会场设在一座古庙的庭院里。院里有一株笔挺的柏树，宿鸟在上面拍着翅膀。洪永奎坐在桌子侧面。桌上放着两盏马灯，黄黄的灯焰在风里一闪一闪，戈华指导员的脸也就一会儿亮，一会儿暗，他的声音在长满苔藓的院墙上撞着，听起来增添了阴郁。

起初，洪永奎像平时一样，注意地听着讲话，有时在本子上记下几句话，时不时抬头望一望听众，想从他们的表情上了解他们的内心。不过这种安详的态度只维持了一会儿,慢慢地他就被指导员的话激动了。他还记得指导员写的提纲,可是,指导员好像放弃了它,某一个有趣的例子并没有举出来,某一个准备发挥的地方轻轻跳了过去。指导员说着说着离开了桌子,走到坐在背包上的队伍跟前,声音越来越嘶哑,激动地做着手势。他从来没有想到,一贯稳重的指导员居然有一天会用这种态度说话。

洪永奎合拢本子,专心地望着队伍,他看见一双双亮闪闪的眼睛。只要后面有什么人咳嗽一下,马上有许多头转过去,好像责备他为什么偏偏要在这个时候咳嗽。不过,这只是短期间的现象,到后来一声咳嗽都听不见了,只能听到咻气的声音。洪永奎的胸脯也胀起来。指导员开始诉说起自己过去的生活。这勾引起了他那已被紧张的战斗生活挤掉的往事,但他不得不竭力压下涌上来的回忆,好让自己不漏掉指导员的每一句话。突然之间,指导员哽咽了一下停下了,就在这静默无声的瞬间,队伍里爆发了一声抑止不住的哭声。这时候竟没有人转过头去,好像那是理所当然的事情。指导员就在那哭声中接下去说:

"就是这样,我的父亲打了五年官司,有理打不赢,田地还是给地主霸占了,他老人家也死在牢房里了。印把子不在自己手里呵!同志们,你们谁没有苦?谁没有受过剥削压迫?诉吧,诉吧!把你们的苦统统都倒出来!"

当指导员说完话,用一种异乎寻常的眼光问他还有什么补充的时候,洪永奎猛一下站起来,停了好一会儿,却摇了摇头又坐下了。他不是没有话说,是要说的话太多,不知从何说起。

散了会,人们不声不响地走出会场,洪永奎挽起戈华的胳膊说:

"我爸不如你爸倔强,结果一样!一样!"此刻他不单从理智上认识了这个工作的意义,而且用全部的感情迎接了它。

二十一

一大早就下着蒙蒙细雨。屋子里阴暗沉闷,从打开的上窗扇望出去,灰色的雨云好像帐篷似的压在顶上。二班同志今天早饭吃得特别少,收拾好碗筷,不声不响地往炕上一坐。方世兴局缩在炕角落里抽烟,两眼呆呆地望着烟圈,好像那里面有什么新奇的东西。李进山坐在炕桌旁边,正要宣布开会,洪永奎重脚重步地走了进来,也没向大家打招呼,就在李进山的对面坐下。

"指导员昨晚上说得很清楚:叫咱们把自己的苦倒出来。我没有更多的话说。现在就开始吧!"李进山说时对本班战士环视了一道。

洪永奎谁都不看,往前挪了挪说:

"我说!"

"连长!"李进山吃惊地叫了一声,然后好像醒悟过来似的补了一句,"先请连长指示一下。"

"我没有什么指示。我是到你们班来参加的,不是来旁听的。我说!"

连长的话完全出于全班意料之外,李进山特别惊异,他有点不满地盯着连长,他认为连长不该打破寻常开会的规律。因此,他有点手足无措了。

“昨天指导员说过：咱们都是阶级的亲弟兄。正是这样，我在职务上是连长，可是现在我跟你们完全一样。你们有苦，我也有；你们要诉给我听，我也要诉给你们听。”

方世兴完全从沉思中醒了过来。他做梦都没有想到这个刚强的好像铁打一样的老洪，居然也会有苦，而且居然会当着战士的面来诉苦。

“同志们，一想起过去，那是多么远，又多么近呵！近得一伸手就能摸得到。”洪永奎的声音听起来有点古怪，要是闭起眼睛，谁都想不到这是连长在说话。“我爹在本村地主王从厚家当长工，十一岁那年我也上王家放羊。第二年春上丢了一只羊，王从厚硬逼我爹赔钱。连火柴都买不起一包，哪有钱赔他呵！经过千恳万求，打了张借据算是把事情了了。谁知年终结账，王从厚掏出那张借据，上面多了月利五分几个字，把爹的一年工钱全扣下了。爹跟他论理，反挨了好几个巴掌，一出门就气厥了，不几天就咽了气。连口棺材都买不起，用席子一卷，在乱葬岗上埋下了。”

方世兴心里闷腾腾的，望了大伙一眼，见每一个胸口都在鼓动。他有种欲望飞升起来，正要张嘴，一个思想蓦地跳出来阻挡：“多羞人呵！”他咳嗽了一下，闭紧哆嗦着的嘴唇。

洪永奎停顿了好一会儿，伸出那双粗大结实的手来：

“王从厚逼死了我爹，可我这双手还给王家干了六年。娘舍不得离开本乡本土呵！”

在方世兴身旁，苏广安抱住头呜呜地哭起来。这突然发出的哭声，把方世兴的心搅乱了。不知怎的，他也很想痛哭一场。这时他又听到连长的声音。

“怪我自己吗？要活下去呵！反正我早下了决心：我这双手给地主干了六年，今后我要给革命干六十年！干到我死！”

苏广安猛然抬起流着眼泪的脸，抽抽咽咽地说：

“报告班长！我说！”

洪永奎端起面前的茶缸子递了过去，苏广安的牙齿磕碰着杯子边，勉强喝了几口，缓了口气说：

“日本鬼子一投降，谁都高兴得直跳，都说这下可熬出头了。那天我跟叔父挑着两挑柴上城去卖，在城边沿上碰上一队国民党的兵，一索子把我们两个捆走了。拉到兵营，不容你分辩，就给剃光了头，套上了军装。训练了几个月，坐上美国兵舰往东北开。当兵的像虱子似的挤在舱板上，叔叔在半道上得了急病，军医一检查说是传染病，要把他抛到海里去。我磕头磕出血的求情都不行，反挨了官长一顿皮鞋脚。可怜我叔父的尸身都没个找处。后来我被解放了，懂得些革命道理，刚到前方，劲头还蛮足。可是一打四平，见敌人的飞机大炮这么凶，特别是五班长他们一牺牲，我就怜惜起这条命来。一打响，尽想找安全的地方躲。我对不起我的叔父呵！”他说完又放声大哭起来。

方世兴再也忍不住了，他的头部猛烈地摇动了一下，双手抓着炕席说：

“我说！我说！”

就在这瞬间，他看到了连长鼓励的眼光。

十几对同情的眼光一齐转到他的变色的脸上。他没头没脑地说：

“白无常仗着日本鬼子的势力，仗着他父亲的势力，折磨死了我的——我的媳妇！呵，秀英！四海他娘呀！”

这几句话一出口，好像冲开了堤防的水流，话语就滔滔不绝地奔流起来：

“‘八一五’前一年春上，日本鬼子把我征去当劳工，上黑龙江省边境上修公路。那地方是个荒草甸子，地上一洼都是桃花水。我们两三千修道的人，从早到晚搬石头抬土，两条腿浸在冰水里，冷得彻骨。晚上二三十个人挤在一个木头棚子里，抬头能望到星星，一下雨只好挨浇。一天两餐沙子粥，一餐粗窝窝头，吃不到三分饱。哪像是人的生活啊！比猪都比不上！连修了半年，天天挨皮鞭子打。被折磨死的人不知有多少。我瘦得露了骨头，咬着牙总算挨过了鬼门关，挨到了完工。那会儿我娶亲才两年，离家时孩子不满一岁。秀英也是穷家出身，吃得了苦，干活有劲儿，小夫小妻过得挺和美。做工的时候我哪天不想，哪天不念呵！

“我日夜不停地赶回家，离门三丈远就嚷开了：‘四海他娘！四海他娘！’谁想出来的是我三弟，一把搂住我放声大哭。我哄他说：‘我好端端地回来了，一点苦也没吃。哭啥！’他搂得更紧了，抵住我的胸口说：‘嫂嫂下世了！’

“我当时啥也看不见了，隐隐约约地听三弟咽着声音说：‘娘病了！’我一惊，眼前倒清爽起来，扶着三弟走到炕跟前，娘在被窝里伸出头来说：‘世兴，我没有脸见你，没有脸见你过世的爹呀！’她拧着被子哭起来，把躺在旁边的四海也惊哭了。我抱起孩子，一看，皮包骨头，瘦得怕人。我抱着孩子，呆呆地坐在炕上。娘哭止了，我从我娘的话里了解了四海他娘去世的情由。

“我走后三个多月，白阎王的大儿子白无常照例回家歇夏来了，带着洋枪洋狗四处闲荡。有天碰见了四海他娘，就凑上来搭腔。四海他娘不敢不理，应付了几句，借个因由抽身回家。以后白无常就三天两头在咱家门前转悠。四海他娘告诉了我娘，没事不轻易出门。过了一个多月，白阎王家派来个狗腿子，送来一件衣料，说是白阎王的大老婆听说四海他娘的手巧，请她帮忙做件褂子。四海他娘不肯，我娘怕得罪了阎王爷，应承下了。做好衣服，娘叫二弟给送去。不一会儿白家又来了人，说是有几处要改一改，请四海他娘去一趟。照四海他娘的意思，是把褂子拿回来改，狗腿子板起脸孔发话了：‘我的腿没那么贱！好大架子，还得用红呢大轿抬你？’我娘又怯了，好说歹说把四海他娘劝走。

“太阳落山了，秀英没回来；掌灯了，还是没回来。我娘急了，叫二弟去接。二弟刚进白家大门就给狗腿子轰了出来。到了二更还没见影，娘二次叫二弟去接，白家的黑漆大门已经关上，敲了一阵，大门露了个缝，一见是我二弟，狗腿子连骂带训地把他撵走。我娘又怕又气，亲自赶到白家，敲了一阵虎头铜环，没见人应。她在门口敲敲转转，转转敲敲，蹲了一晚上，直到第二天清早，才听见四海他娘的声音，从院子里又哭又闹地嚷出来。黑漆大门开了半扇，四海他娘给人一把推出大门，跌在娘的身上。一见我娘，她就跪在娘脚下号啕大哭……”

方世兴猛地摇了摇头，合拢了抖索的嘴唇。雨丝紧密起来，穿过打开的上窗扇，飘到炕上，飘到坐在窗沿下的同志们的头上。他们好像没有感觉到。方世兴舐了舐发干的嘴唇，继续说：

“我娘把她扶回家里。她哭了一整天。傍黑，白家又派人叫她。我娘气疯了，把来人狠骂了一顿，撵出门去。就在当天晚上，秀英在梁上吊死了。她才活到二十岁……”

杨占武的猫眼睛睁得溜圆，解开两个军衣扣子，使劲儿抓着胸口：

“你不找那个白无常去？”

“白家有钱有势，有枪有打手，我有啥？一双空手。我只好把眼泪和血一口吞。我回家后不到十天，我娘也撒手归天。临死还说：‘我没脸见你的爹呀！’我当时气急攻心，把娘的丧事张罗过去，再也支持不了，躺下了，发烧，说胡话，清醒的时候就盼望死，活着怎么还有面子见人呀！可四海才满周岁，三弟也小，总得把他们拉扯大。病没好全，我就撑着下地，就是见人抬不起头来。后来我的丈人把四海带走了。他也是受不了那口冤气，不久带着老伴跑到哈尔滨去的。带走也好，免得见了他想起他娘。可他娘的影子怎么也离不开我。忘，忘不掉；甩，甩不脱。我就怕人提起她，一提就心痛，像有万把钢刀扎心。秀英，我护不住你，我不是个男子汉啊！”

方世兴捧着脸，肩膀抽搐起来，眼泪从手指缝里漏下，滴到裤腿上。杨占武两眼冒火，两手拍着炕桌说：

“那个白无常是死是活？”

方世兴只说“跑了”，再也说不下去了。

洪永奎代替他说：

“‘八一五’后不久，国民党的接收大员一来，白无常从鬼子翻译官摇身一变成了国民党官员，照旧牵着洋狗来来去去。待八路军进了哈尔滨，他才收起威风，跟白阎王一块溜了。”

“两条命就这么白丢了？血海深仇呵！”有谁嚷了起来。

这话好比一支箭，端端正正地刺进了方世兴的心窝。是呵，妻子和母亲的性命，一辈子的耻辱，这不是血海深仇是什么？

随后别的人也各自倒出自己的苦水。这个人没讲完，那个人就想抢着说自己的。屋子里充满怨苦和悲痛，气愤和仇恨。方世兴听着同志们的话，好几次扑簌簌地掉了眼泪。

一散会，洪永奎坐到方世兴的身边说：

“心里畅快些了吧？”

“畅快多了，老洪！”方世兴此刻觉得连长就跟亲人一样，老称呼又顺嘴溜了出来。

洪永奎向打开的上窗扇望了望，雨已经住了，一缕缕淡黑色的云飞快地从空中游过，露出白云的边缘。

“咱们出去转转。”

两个人并着肩走出门外，方世兴跳过了一个浅水洼说：

“从前我老觉得那段事儿丢人。可今天一说出口，同志们反倒更显亲热了。唉，我怎么早不说呵！”

洪永奎像过去在屯子里工作那样，一把搂住他的肩膀说：

“是呵！说出来好！说出来好！只有地主、反动派才会耻笑你。”

“连长！我从来没有想到你也有这么大的苦。一点都看不出来呵。”

“那要看你抱什么态度，是成天愁眉不展给冤苦压倒，还是把冤苦作为激励自己的力量？地主阶级、反动派就希望用一层层的苦压得你直不起身板来呢！”

他们走到村头，眼前横着一大片稀稀落落的庄稼地，高粱秆只长得齐胸高，沾着雨珠的叶子凄凉地微微摇晃。

“我怨恨自己，连老婆都护不住……”

“不是你一个人护不住，谁都护不住自己的亲人，印把子抓在别人手里呵！”洪永奎站住了，指了指那片庄稼地，“你看，是乡亲们不愿把地种好？好地落不到他们手里呵！反动派又拉壮丁又派差，这村里还留下多少年轻人？咱们要是不打到这里来，不饿死人才怪！恨谁？恨地主阶级！恨反动派！”

方世兴盯着眼前的一株细弱的高粱，静思默想地站了片刻，转脸直望着连长的眼睛说：

“苏广安的话刺了我一下。他是解放过来的，倒检讨了自己。我呢，到了部队总是三心二意。虽说我想过决定不开小差，不能对不起人。可是人在这里，心在家里，还不是等于开了一半小差。”

“说得对呵！”洪永奎不由地喊叫起来，“咱们要人在一块，心也在一块。”

方世兴点点头，眼泪又流出来了。他在连长面前，让悔恨的眼泪尽情地流着，没有擦它。

接着在全连的诉苦大会上，方世兴一点也不保留，向大伙讲出这段苦史。刚一讲完,同志们一个个举手喊叫,要替他的妻子和母亲报仇。在打饭打水时,在打扫院子时,在会间休息时,谁遇见他都是亲亲热热,像亲兄弟一般待他。

方世兴的小笼子打开了。他理解了周围的人。这些跟他吃同一口锅里煮出来的饭、同起同睡的人,原来并不是此刻才是一块出生入死的同志,在老早老早以前,就跟他的命运紧紧地连在一起:跟他同样地受苦受罪,在痛苦和耻辱中过着日子。他们都是自己人,都是自己的阶级弟兄呀!

他也理解了自己的仇人不但是白阎王,而是整个地主阶级;不但是白无常,而是整个国民党反动派;不但是某一个打他的日本鬼子,而是整个帝国主义。它们勾结连环,把劳动人民长年累月地踏在脚底下。如果共产党不来,家里说不定又有什么人给折磨死了,说不定就是自己!待回想到自己曾在仇人的面前退缩,羞愧之心就绞着自己的五脏六腑。那股羞愧之心和蓬勃生长的仇气拧在一块,他的灰蒙蒙的眼睛发了光,血液燃烧起来,想回家的念头给烧得干干净净。

诉苦结束后,全连做了一个不完全的统计:被地主恶霸、反动派的军队、旧保甲长、日本鬼子杀害的直系亲属,连被迫自杀的、气死的在内,一共一百一十二名。

血海深仇!血海深仇呵!

在庄严的祭灵会上,方世兴跪倒在他的母亲和妻子的灵位面前,跪倒在他的阶级弟兄们的直系亲属的灵位面前,放声大哭。在他的胸口里,有一股强烈的感情不安地撞着、膨胀着,流进血液里,使他的四肢发烧,想抓住什么东西把它弄成粉碎。他的仇恨和全连同志的仇恨融成一体,在沉痛而又刚强的哭声中昂扬沸腾。

阶级教育一结束,部队立即转入了军事大练兵。秋高气爽,正是练兵的好时候。二连同志早早晚晚在田野上爬起卧倒，卧倒爬起，学习爆破和穿插战术。每一支枪托上都贴着纸条，上面写着呕心沥血的字句。在方世兴的枪托上写的是：

从前没打好，
怪我不自觉；
往后请你多帮忙，
杀敌缴枪立功劳！

在诉苦以前，他跟杨占武合不到一块。杨占武不喜欢他的腻腻乎乎的劲头，他不喜欢杨占武有话存不住的性格。就在诉苦以后，在日常生活中有时还难免发生些小摩擦，不过心里不存疙瘩就是了。虽然如此，他还是经常请杨占武教自己练枪法，杨占武也尽心指拨他，一点也不保留。尽管他上心学习，终因心眼不大灵巧，进步不快。为了补救这一点，他在晚上悄悄地爬起来出去描香火。有次给李进山发觉了，当场说了他一顿，他啥也没说，向班长嘿嘿笑着，顺服地跟着班长回来睡下了。过不几天，他又在晚间悄悄地爬起来，弄得班长不得不在班务会上提出批评。这样一来，杨占武反倒从心眼里喜欢起他来，尽量在白天多找些时间，更加耐心地教他瞄准。

高粱成熟的时候，这个政治素质和军事素质提高了一步的连队，跟无数个同样的连队一起，出发找寻敌人去了。

出发以前，李进山代表二班同志又给方志坚去了一封信：要他安心静养；他们要在战斗中替他报仇。

二十二

听护士念完那封来信以后，方志坚一声不吭地把信塞到枕头下边，闭上眼睛。护士问他要不要喝水，他也没有回声。他只觉得心头乱糟糟的，说不上是高兴还是不高兴。一会儿揣摸着队伍会打哪儿，一会儿好像看到了同志们满脸带笑在公路上行进。这时他腿上的伤口已经长了新肉，只是医生还不许他下床行走。他真想马上站起来，哪怕到门口站上几秒钟，朝南望一眼也好。为了抑制这种欲望，他死劲儿咬着嘴唇。吃中午饭的时候，只喝了几口米汤又躺下了。

下午瘦子医生给他换了药，没有马上走开，往床跟前一坐说：

"听说你们的部队出发了。"看来，护士把情况告诉他了。

"就是呵！"方志坚显出痛苦的神情，"他们打敌人去了，我还是躺在这里。"

"那有什么办法。伤一好，回到前方，还不是照样打敌人。"

方志坚无力地哼了一声。他这时已经知道眼前这个瘦子医生名叫廖醒之，在革命部队里当军医将近十年，是个老同志了。正因为这一点，所以不想同他争辩。

"护士们都说你是个好休养员，平时哼都不哼一声，能咬牙。不过据我看来，你这种精神还不算够。"

方志坚从被窝里伸出那只好胳膊，正要张口，医生重新把他那只手按回被窝里去：

“你不用争辩。我看得多了。你现在一定在想：‘啊呀，真急人哪！到底什么时候能出院呵！’我知道，你嘴里不说，心里面一定在骂我。”

“我骂你干什么。我骂自己！”方志坚终于张口争辩了。

“骂自己也用不着。要骂就骂敌人。不过，依我说呵，暂时还不要骂，养好伤，活蹦鲜跳地回到前方痛打敌人，比骂几句管用多了。养伤跟打仗一样，要有耐心。”

方志坚本来想趁机会向医生谈一谈心事，此刻倒不好说了。而且他觉得医生的话有道理。他记得那次不小心的结果。

“不要发急。要是过了一星期我允许你下床了，就证明你听了我的话。”

“再过一星期能下床？”方志坚一下支起了上身。

“躺下，躺下！”瘦子医生扶着他躺下说：“我从来不说空话，也不光说好话。该怎么办就怎么办。好吧，这几天可以在床上做些柔软体操，可千万不许下床呵！”

七天以后，医生果然允许他下床走动了。方志坚拄着棍子走到院子里。七天前他一心盼望着这一天，一到真的走到院子里来，他又不知足了。他慢吞吞地走了几小步，试着跨起大步。刚跨了两步，膝盖有点酸痛，他皱了皱眉头停下来。

“别累狠了。”他转过身，见廖医生急忙忙地向他走来，挽住他的胳膊，责怪地说，“第一天下床，这样走不行呵！”

方志坚忍着痛笑了笑。

“你今年多大？”

“二十一。”

“你看，你要再过十五年才赶上我现在的年龄。光这十五年，你就能做多少事情呵！比方说，再休养三个月，算得了什么！”

“还得休养三个月！”方志坚的心也痛起来了。

“今天不是在病房里，我是随便说说。其实嘛，休养时间长短，还得由你自己决定。”

“我能决定？”

“是呵！多吃些东西，少分些心，不该走动的时候别走动，该散步的时候别跑步，就好得快些。比方打仗吧，听上级的指挥行动，胜利的把握就大些。对不对？”

以后，方志坚天天在院子里散几回步，散步的时间慢慢延长。他的胳膊上的伤口痊愈了，趁清早没人看见，把胳膊吊到树枝上，一上一下练手劲儿。日子过得好慢，一天像是一个月。发下新棉衣，下了第一场雪，每天清早，他照旧拖着不大好使的伤腿到院子里转圈，吊在树枝上练手劲儿，让震下来的雪弄得半身白，累了就在长靠背椅上歇一歇。他的伤腿慢慢硬朗起来了。

护士照常天天念报。我们的冬季攻势紧接着秋季攻势；关里关外的胜利消息不断。来医院慰问的人也跟胜利消息一样，川流不息。一到星期天，县里的小学生来病房唱歌，中学生亲自拿着信纸信封挨房挨床地问伤号要不要写信。在那一天，方志坚特别不安，恨不得让自己插上翅膀，飞回前方去。使他最不安的一天是有一批好了的伤员要回前方，同室的伤员也走了两个。他熬忍不住，向廖医生提出要求出院，医生没有答应。一个星期天，他鼓了鼓勇气，邀个中学生写了封出院请求书，交给值班护士说：

“请你转交院长，别给医生知道。”

第二天一大早，他在院子里转着转着跑开了步子。刚跑了一圈，有个人一把拉住了他。他一看，脸红了。

“谁让你跑步的？”廖医生的语气比平时严厉。

“将来终归要跑步的。”

“将来是将来，现在是现在。”

“我想先锻炼锻炼。”

“哦，锻炼锻炼。告诉你，你的请求不能答应。你以为没有我的签字，院长就能批准了？”

方志坚又一次脸红了，冲口说了句：

“在医院里再闷下去就要把我闷死了！”

医生望着他的抽搐着的脸颊，忍住了话头。

“你叫我忍耐，我忍耐了。”方志坚终于把憋了好久的话说了出来，“反正我想着，怎么做能早出院我就怎么做。你说的话我只有一点没做到：我不能不分心。我对自己说：不要想念前方吧。可是不行！不是我要想，是它自己跑来的。你想想，同志们拼死拼活在打仗，我这一双手呢，除了拿筷子端饭碗，啥也没有干。连个普通老百姓也不如呀！”

“这话不对！”廖医生只说得这么一句，忽然抓住方志坚的手，压低声音说，“你以为我不想部队，我也想的。不过组织上分配我在后方工作，我难道一定要吵着到前方部队里去？这一年多来，只要有一个伤员伤好了去前方，我就想到，这跟我自己上前方一样。说心里话，我也希望你马上回前方，可是我要对革命负责。要是随随便便放人出去，将来伤犯了怎么办？”

方志坚猛觉面前那个人亲切起来。他低着头，用鞋尖踢着雪说：

“我怕赶不上这个战役。”

“赶不上这个，还有下一个战役。腿怎么样？”

“不痛。”

“说实话。”

“真不痛。”

“再跑跑看。”

方志坚又跑了一圈，甩了甩伤腿：

“一点不痛。”

医生从上衣口袋里取出眼镜盒，戴上眼镜，撩起方志坚的裤腿，看了看伤疤，捻了捻，问了几句话，取掉眼镜说：

“那么也可以跑跑步。出院的事情暂时不提。你想，我把你留在这里，对我有什么好处？”

方志坚暂时死了心。又养息了一个来月，伤腿硬朗得能够在院子里连跑十几圈了，胳膊上的肌肉也发达起来。

鞍山解放！一听说这个城市在沈阳南边，他的心收缩起来。再不去前方，眼看全东北都要解放了。他考虑了好久，终于又一次递上了出院请求书，特别叮嘱护士：

“你也给我善言几句，我一辈子忘不了你。”

廖醒之医生隔不多久就来了，坐在床沿说：

“那么，你是一定要离开我们咯！”

方志坚紧张地注视着医生消瘦、苍老的脸孔，呼吸也停止了。

“我们昨天也研究过了，可以出院！”

方志坚跳起来，在地上跳着蹦着，只差没有去拥抱廖医生。

“准备准备，明天就出院。”

等医生走后好久，方志坚才想起应该说句道谢的话。

这天晚上他没有睡好，他回忆着受伤那天的情景，但他想不起来了。一想起班上的同志们，他们好像一个个都站在他的跟前，向他说话，向他笑。他也想起了自己的家，想起那首熟悉的“骑上大马挎起枪”的歌子，于是他在心里低低地唱着。他是看着窗户外面慢慢地亮起来的。

他把慰劳的毛巾、肥皂、牙膏、牙刷留下一份，多余的全送了人，带上许大嫂送的军衣离开了医院。廖医生一直把他送到车站上。他好像觉得一路上碰到的人都在向他微笑。

这是个小站。本来他是可以坐客车的，但因为货车比客车先开，他就坐上载满木料的货车。在他攀上车厢外边的扶手以前，廖医生握紧他的手说：

“胜利后再见！”

“不胜利再也不想见你了，除非在路上碰到。”方志坚灵活地攀上车厢，听见背后传来一阵大笑。在病房里从没听见医生这样笑过。

他在一堆木头上坐下。不一会儿车开动了，医生挥着手说：

“我希望在前方碰到你！”

一到哈尔滨，下了车，方志坚觉得头昏眼花，这哪像参军时经过的哈尔滨呵。十几条道轨上条条都是客车、货车、军用车，大大小小的火车头吐着浓烟来回滚动。站台上堆满麻袋、包裹、木箱，各色各样打扮的人匆忙地转动着，打着招呼。车站的栅栏涂上绿色的新漆。栅栏外边，汽车、马车、三轮车、人，来来往往，推推拥拥，好像过节一样，气候都变暖和了。要不是怕误车，他真想上街去看看热闹。

他换乘了去西满的客车。开动不一会儿，他就望见了高耸的霁虹桥，桥上人来车往，泻下来的歌声流进车厢。车厢里暖烘烘的，他弯身一摸脚旁的白铜皮，热得烫手，原来生了暖气。他舒心舒意地往椅背上一靠，闭起眼睛，听着车轮子发出的有节奏的声音。现在是往前方走，难挨的日子挨过去了。部队在哪里？在沈阳南还是沈阳北？首先要找到许大嫂，把那套衣服还给她。

清早到了齐齐哈尔，停到黄昏才开。不用说，敌人的飞机还在铁路线上找事。待火车过了嫩江桥，他才想起没有问碰见许大嫂的那个车站叫什么名字。他着急起来，挟着白布包走出暖热的车厢，靠在车门上，每到一站，就跳下车去，借着小贩们的煤气灯光来回寻找，每次都失望回来。上下了十来次，估计过了那个车站，这才把包袱当了枕头,蜷起身子睡下。

他在郑家屯下了车,从纵队留守处那里打听到部队的下落,连早饭都不吃,走向前方。

公路上人来人往。他追过了好些抬着肥猪的老乡,追过了几队打着旗帜的担架队。但是一辆辆给油布盖得严严实实的十轮大卡车,却响着喇叭接连不断地追过了他。车窗上贴着“军用”两个红色的大字,旁边是阿拉伯号码。呼一辆过去,是四十三号;呼一辆过去,四十四号……五十几号,六十几号……不用说,上面载的都是武器弹药了。此外还有载着鼓鼓的米袋子的胶皮轱辘大车,有时他追过它们,有时这些车又追过了他。这些情况,鼓舞着他更快地往前赶路。

他一连走了三天,终于找到了师部。那条伤腿跟好腿一样,只是有点发酸,伤口并没有犯。当晚睡在师部,他几次怀着好感想起那个严厉的瘦子医生。

待鸡叫三遍时他就冒着严寒起身走了。他从团部通信员那里打听到二连的驻地后,就一股劲儿地跑起来。经过三个屯子,天大亮了,就在第四个屯子外面,远远地瞅见一群人,他加快了脚步。现在看清楚了:班长站在小土堆上挥动毛巾,他的好朋友杨占武抱着个炸药包,正准备演习呢。他张着双手高喊:

“班长!班长!”

班长李进山跳下土堆,杨占武扔下炸药包,同别的人们一块飞跑过来。七八只手一齐把他抓住。他不知道该去拉谁的手好,喘着粗气尽笑。半年不见,这些同志使他想得好苦呵!

他转眼看了看周围的人,其中有几张陌生的脸孔,自然是新来的同志了。杨占武的腰干粗了些,肩膀宽了些,眼眉之间添了刚气,显得老成了些。方世兴的脸成了枣红脸,眼睛灵动多了,牵动着猪肝色的厚嘴唇,像有许多话要讲。唯独班长没有变,仍像结实的橡树似的站在地上，精明的脸上横一道不易看出的笑容。他还看到了差不多长高了半个头的苗得雨，眯起眼睛尽瞅着他。

久别重逢时的沉默一过去，七嘴八舌的问话一齐卷了过来。杨占武挤过来掳他的袖管，要看看他的伤痕。他把胳膊缩到背后说：

“好全啦！好全啦！”随后又腻烦地说，“别提那些伤口啦，提起来就烦人。误了多少次仗啊！”

“医院里还好吧？”

“没说的。真过意不去，白吃了半年多细粮。你们吃掉了多少敌人？”

“四平战斗下来，没打什么大仗。”方世兴叹口气说，“咱们这个师运气不好，只抓住三回敌人，也不是什么硬角色。前几天打下开原城，对对付付算是碰了一下。”

这口气使方志坚吃了一惊，细瞅了瞅，见他神色泰然，心里有点犯疑。这时方世兴掏出一撮烟叶子，飞快地卷了支卷烟说：

“这回总算有硬仗打了。你回来得正是时候。”

方志坚更迷惑了，这话要是出在杨占武的嘴里，正像肥地长好粮一样，理应如此；可是出在他的远房叔伯哥哥的嘴里，不能凭信。他又打量了方世兴一眼，含含糊糊地应了一声。杨占武猜到了他的心思，用嘴唇向方世兴一撇说：

“给你介绍介绍：方世兴同志是咱连的诉苦典型，战斗上也快要成为模范了。开原战斗，跟苏广安一块夺了挺机枪。”

方世兴的脸红得像鸡冠一样，摆了摆手说：

“这算啥，比你们差得远呐。志坚，我忘不了你嫂子的冤仇！”

方志坚呼一下蹿过去，拉起方世兴的手直摇晃。方世兴的眼眶里涌起了泪珠。杨占武鼻尖一耸说：

“往后弟兄们谈心的机会多着呐，可别把我们忘啦。”

“瞎说，我做梦都跟你们在一块呐！”方志坚又瞅了大家一眼，问：“苏广安呢？”

“站哨去啦。放心吧，他不会再躲你啰！”杨占武说罢嘻嘻一笑。

“小苗，你怎么偷偷跑到这儿观战来了？”

“不是观战，是扛大枪来了。”苗得雨用粗得难听的声音回答，“再不下班，我要愁掉牙了。”

李进山也有许多话要说，但他认为应该说些最要紧的话：

“你来得正赶趟，咱们打四平是打定了！”

“真的？”

“班长还能哄你！”方世兴从旁插了一句。

“这回打四平与去年不同。”班长用下命令时那种清楚缓慢的调子说下去，“长春早给咱们围得滴水不漏；沈阳跟外围城市的联系也都给咱们切断了，眼看着也快成个没枝没叶的溜光西瓜。去年敌人还能拼死拼活从沈阳长春派出援兵，今年怕只有在孤城里干瞪眼了。”

“塞了壁洞捉老鼠，看敌人往哪跑？”杨占武紧接着说，“事不过三。咱们在四平撤过两回，这回非得打下它不成！”

“当然啰，咱们还不能小看敌人。要打下它，需得大伙都练好本领。”

方志坚的眼睛落在炸药包上，把大衣和背包往地上一扔，大跨了几步，提起炸药包，耸上肩膀。

“让我先练一练，躺了半年多，啥都丢生了。”

李进山见他正在兴头上，便指了指小树林子说：

“那个树林子就是敌人碉堡，冲着这里有两挺机枪，火力挺紧。”

方志坚扛着炸药包刚迈了几步，听见杨占武的声音：

“姿势高了，目标太大。不要扛着送，要抱着送！”

方志坚转身站下，李进山上去解释：

“抱着送姿势低、目标小，是方世兴同志想出来的。现在送大包炸药，全团都用这个方法了。你想想这个道理！”

这个道理很简单，不用细想就能领会。方志坚禁不住溜了他叔伯哥哥一眼。方世兴笑眯眯地说：

“我也是瞎琢磨出来的。”

“开始！”

李进山一声喊，方志坚抱起炸药包，箭直地向小树林子跑去。不到半分钟，已经跑过一百三四十米雪地，到了林子边沿。“简直忘了敌人的火力，没有敌情观念。”李进山在心里下着评语。

这评语并不确凿。方志坚一抱起炸药包，就把树林子当成敌人的碉堡，他甚至看见了枪眼里的刁滑的眼睛，那是四平巷战中见过多次的眼睛。他恨不得把碉堡立刻炸飞，“晚了又溜了”，这就是他拼命飞跑的原因。

在回去的路上，遇见苏广安放哨回来，方志坚喊着冲过去，苏广安也喊着冲过来，一握手，发现苏广安的手掌上有一道长疤：

“怎么？”

苏广安缩回手，油光乌亮的脸上却露出得意的神色。杨占武替他回答：

“夺机枪那回烫的！”

“好呵！”

“比起打四平，那可是个芝麻仗。”苏广安的话里带着些夸张。

“啊，芝麻仗。”方志坚感慨地说，“我在医院里老想：哪怕让我向敌人打一枪也好。你们还不过瘾。”

回到班上，边吃饭边唠。他才知道那回挂花以后，部队在核心工事里又打了六七天，缴获不少仓库，胜利品一车车往外拉，到部队撤出时还没拉净;知道连上又补充了一批新战士,行军打仗都不差;知道杨占武当了副班长。一连串大大小小的变化,他听了都高兴。这一顿早饭他吃了四大碗高粱米饭。菜虽然远不如医院的好,可是跟大伙儿在一块吃饭特别香甜。

演习时间他的棉衣都汗透了。回班后他擦了擦脸,悄悄地拉了拉杨占武说:

“副班长,你好好帮助我突击突击!”

“这是多余话。”杨占武不满地瞅了他一眼。

“那,咱们走!”

“现在是午休时间。你这几天也走累了。”

“一抱上炸药包我就来劲儿了。走吧!”

两个人来到屯外,杨占武出情况叫他做,完了一一指出他的优缺点,特别是缺点,一点也不放过,连哪一步哪条腿抬得高了些都给指出来。方志坚细听着杨占武的话,有错就纠正,有怀疑就问,动作慢慢准确起来。

这天,方志坚练得忘了次数。他只有一个想头:恰好要在自己受伤的地方去攻击敌人,那就得让敌人好好吃些苦头。晚上往炕上一倒,觉得浑身酸疼,但心头却甜滋滋的。他就带着这种感觉,安安稳稳地睡熟了。

二十三

后一天，纵队部接到一批从后方留守处送来的《东北日报》。纵队政委看到后立刻派骑兵通信员分送各师，各师收到后又立刻分送各团。纵队给师、师给团的电话，比骑兵通信员更快地到达了师、团首长那里。

“要好好研究、传达这个伟大的文件！”

这期《东北日报》上登的是毛泽东同志一九四七年十二月二十五日在中共中央会议上的报告——《目前形势和我们的任务》。

报告一开头就用振奋人心的字句宣告：

> 中国人民的革命战争，现在已经达到了一个转折点。这即是中国人民解放军已经打退了美国走狗蒋介石的数百万反动军队的进攻，并使自己转入了进攻。

这天晚上，王树功、何建芳对坐在炕桌两边，就着摇曳的烛光，细读着这个伟大的历史文件。王树功到后来反复地看着军事十大原则，一边回想着一年半以来的历次战役和战斗。可不是，我们的部队不正是根据毛主席制定的这些军事原则，不断地取得胜利，从防御转为进攻的？他几次想跟政委谈一谈满腹感想，待一看到对方那种专心一致的神情，又把自己的话缩了回去。何建芳用红蓝铅笔在报纸上做着记号，用钢笔旁批。他准备明天就召集连以上干部进行传达。时间紧迫，一个艰巨的攻坚战斗就要开始。这个报告将会给指战员无限的鼓舞。传达本身就是一个最有力的政治动员。

第二支蜡烛燃去了一截，夜深了。王树功拨了拨身边的炭盆，火早熄了，他才开始感到有点凉意。一抬眼，见何建芳正在思索什么问题。他再也忍不住嘴：

"你看出来了没有？毛主席这个报告是把人民解放军的胜利作为主体来讲的。"

"我也感到了这一点。"何建芳的脸上还带着沉思。

"老何，我们的胜利意义太大了。过去对这一点的认识没有这样明确。自己做了的反而看不清楚。"

"我也是一个样。总觉得在尽自己的责任罢了。"

"是的，是的，尽自己的责任！"王树功嚷起来，"党交给我们的任务，我们尽力去完成，这就是了。"

"看不到自己工作的结果总是不大好。"何建芳带着自责的口气说。突然把面前那份报纸送到团长跟前，指着几行旁边画着红道道的铅字，神采焕发地读着："'中国人民解放军已经在中国这一块土地上扭转了美帝国主义及蒋介石匪帮的反革命车轮，使之走向覆灭的道路，推进了自己的革命车轮，使之走向胜利的道路。……'老王，这些话对人的鼓舞有多大啊！"

王树功跳下炕，迅速地来回走动，一连串回忆，使他兴奋起来。他脱下大衣，往炕上一撂说：

"反革命的蒋介石过去害得我们好苦呵！他逼着我们离开江西苏区，逼着我们过雪山草地；抗战期间，我们打日本，他打我们；

日本一投降，他大摇大摆地下了峨眉山，使用全部美国武器进攻解放区。二十年来尽是他进攻我们，哪想到也有今天！连美帝国主义都救不了他的风烛残命。”

他若有所思地走了几步，面对何建芳站定：

“有些人说：我们这一代是艰苦的，我们下一代是幸福的。我反对这种说法。”他争辩似的挥了挥手，好像他所反驳的论点正是对方说的。“我们参加了革命的斗争，亲自争取到一个个胜利，这不是幸福是什么？”

“幸福的一般意义是指生活上的美满。”

“据我看，最大的快乐就是幸福。推车的是比坐车的艰苦，不过我愿意推，而且设法推过了高山崇岭，到了平光大道时，你想想，坐车的可就领会不了这份快乐了……”

何建芳笑着说：

“那么，你是幸福的啰？”

“当然，我们都是幸福的！”王树功肯定地说，“我们亲手打退了蒋介石的进攻，还要亲手消灭他。难道还有比这更大的快乐？”

何建芳的钢笔尖子在纸上滑起来，他用激动的声调说：

“我要在传达中把你的观点提出来，也作为我自己的观点。”

“你传达就是了，扯这个干什么。”王树功急急忙忙地说。

“传达这个报告，不谈自己的感想是困难的。”

何建芳带着微笑拨了拨烛芯，专心专意地做着笔记，写着提纲，直到鸡叫两遍才和衣睡下。

当天何建芳用激动的心情向营连干部作了传达。营连干部回去后又作了广泛的传达。每个连队燃起了热腾腾的战斗火焰。一定要狠打敌人！一定能打败敌人！要加倍努力去打敌人！

队伍移动了，进一步向四平合拢。

这个纵队往四平城东的方向走，另一个纵队和一部分炮兵部队从东往西走。脚步、车轮子和马蹄的声音响过来,响过去;数不清的步兵、炮兵、辎重车摩肩擦过,互相打着招呼。经千万双脚一踏,道上的雪化开了。

方志坚的注意力给炮兵吸引住。那八匹六匹高头大马拉的野炮,炮口朝天,齐脖子高的炮车轮震得大道隆隆山响。每过一辆炮车,他直想伸手去摸一摸光滑的炮筒子。

队伍折上宽广的洋灰道。迎面传来马达的声音,射来汽车头灯的强光。灯光越来越刺眼,有辆牵引车拖着巨大的炮慢吞吞地驶过去,咬得地皮都震动了。炮后跟随着一群愉快的炮手。看到这样的炮还是第一次,他打问一个炮手:

"什么家伙?"

"重榴弹炮!"

"厉害吧?"

"一炮打坍个碉堡。"炮手夸张地说,向方志坚眨着眼睛,"后面还有高射炮!"

"高射炮?"

"让飞机拉不出屎来!喂,怎么样,来当炮兵吧?"

那个炮手在汽车头灯的光亮中挥了挥手,追赶队伍去了。

过来了拖曳着榴弹炮的第二辆牵引车,随后是第三辆、第四辆……于是出现了炮筒子细长的高射炮,一尊,又一尊,炮口斜斜地指向天空。方志坚的眉毛飞扬起来:

"哈!这些大炮就够他们受的了!"

"想当炮兵?"杨占武向他咧了咧嘴。

"谁想当炮兵?"方志坚骄傲地说,"步兵能看清楚倒下去的敌人,比炮兵快心多了。"

队伍来到一个城寨,那里的敌人前两天才撤走,撤退时炸毁了寨外小河上的桥梁,在要道上埋下地雷。但我们的工兵立刻扫除

毛主席。

隐约听见排尾的指导员的声音，二连快过完了。他捏了捏爹的手，横里一插，插进了自己的队伍。

二连在一个名叫四家子的屯子里驻下。这屯子本有二十来户，不过现在说只有四家也未尝不可。全屯合起来不到四十个居民，都是老弱妇孺。二班的房东是个驼背的小老头子，睁着红边的眼睛缩在炕角落里。家里像给水洗过了一样。跟他一唠，才知道他家本是个中等人家，劳动力、牲口、粮食，啥也不缺。反动派占了四平不久，大儿子给抓了壮丁；老二给派进城去修工事，一直没回来；十七岁的老三，前不久也给一帮土匪掳走。剩下的粮食本来有限，这次给抢得精光。两匹牲口，一匹也没剩下。这帮土匪最近被反动派收进城里，编成一个营，土匪头子“镇三关”成了营长。那个小老头子说着说着就哭起来了。

二班同志纷纷安慰他，由杨占武领着帮助他砌灶补锅，泥墙糊窗，重新建立起起码的家务。

方世兴往炕角落里一坐，一支接一支地抽着烟，跟谁也不说话。苏广安趴在炕桌上，用铅笔在一张毛边纸上写开了东西。

方志坚对方世兴有点不放心，把杨占武拉到门外，悄悄地说：

“你看他怎么啦？不声不哼的。”

“你那二哥吗？”杨占武手一摆说，“放心。经过诉苦，一打仗，他就是那个样儿的。”

敌人的大炮轰响着，三架飞机从头上掠过，紧接着又飞来三架，什么地方响起高射机关枪的声音，天空中出现一朵朵白色的烟云。飞机飞高了，躲开了烟云，扫射了一阵飞走了。方志坚气愤地说：

“咱们的高射炮怎么不打啊？”

“到时候就会响的。好戏在后面哪！”

“组长！”听见苏广安的叫声，方志坚转过身去。

苏广安手一伸，递给他一张纸片。上面用铅笔画了一幅画：一只大手紧握着一把镰刀柄，镰刀钩在一个人的头颈上，那人头戴船形帽，高举起柴棒似的双手，脚边扔着一支短枪，胸口上歪歪斜斜地写着“四平敌人”几个字。后尾捺了个鲜红的手印。

“我的决心书！请你转给上级。”

方志坚把那幅画又细看了一遍，交给杨占武。

“组长，这两天我尽想一个人。”

“想谁？”

“张光宇同志！一想起他，我直想打自己的嘴巴！”

这话勾起了方志坚的心事，转向杨占武说：

“咱们全班写个请战书吧！”

“先准备好了再说！”

“我同意！”刚开完支委会回来的李进山说。先把准备工作做好，正是支委会上的决定之一。看到几双望着他的期待的眼光，他补充了两句：“打外围没有我们的事。咱们好好地准备打四平吧。”

枪炮声成天像打雷刮风似的吼叫，这是兄弟部队在进攻外围据点。飞机成天在头顶上晃悠，投弹扫射，一点阻挡不住进攻的脚步。李进山天天拿着油印报宣布消息：今天攻下个地堡群，明天夺下个村子。就三四天工夫，把四平外围的枝枝杈杈都砍光了。敌人全部缩进四平。

城东最后一个据点被拔除的当天，油印报上出现了李传纬师长写的一篇短文章：

毛主席在报告的最后面号召我们“应当努力”，这是一句普通的话，又不是一句普通的话。现在对我们来说，努力，就是把自己，把每个部属的能力发挥到最高度，在我军担任的攻击区域以内，不让一个敌人漏网。解放四平！

全师迅速地行动起来。

深夜时分，下开了干雪。尖刀连二连披着风衣，没有发出任何声音，经过三道林子，越过了将近二里地的开阔地，来到那个贴近四平的屯子的最前沿——一排红色的砖瓦窑里。不久，屯里又来了一个连队。又不久，又是一个连队。王树功团长也来到这里。然后，一部分决定抵近射击的野炮，车轮上缠着棉花，由最熟练的驾手驾着马，一尊接一尊地拖进屯子，炮手们悄悄地拆掉墙上的砖块，筑好了炮阵地。师的指挥所也一下跃进了五里，跃到三道林子。

他们等待着明天。

二十四

三道林子是四平城东的制高点。占领了这个地方,等于卡住了敌人的脖子,从这里居高临下,能看清市里的动静。师指挥所设在一个地堡群里。李传纬师长在天亮的时候,透过枪眼,隐隐约约看到了油化工厂的大楼和它的两根大烟筒,一座五层楼的红色洋房和一座三层楼的灰色楼房。根据情报,这三个地方大约有两个营的敌人,另一个营敌人散在前沿阵地上。在挂在堡壁上的四平城东详图上,这三个地方都画着加了红圈的阿拉伯数字,标示出这是炮兵们要轰击的地方。只要拿起望远镜一看,就能看见在楼窗里活动的敌人。但师长只是偶尔拿起望远镜来,他差不多一直用肉眼望着。他要看四平市的全景。

地堡里放着四架电话机,其中一架通炮兵部队,一架通突击团。每一架电话都架了双线,如果炮火打断了一条线,另一条线还可以通话。电话线一条条由地堡内向四方伸展出去,电话员的身边还躺着好几卷电话线。两个电话员靠着堡壁在打盹儿,另一个也在闭着眼睛养神。根据去年的经验,他们知道战斗开始以后会忙得连撒尿的时间都没有,应该在战前养养精神。

作战科长和三个参谋在另外几个枪眼里瞭望。他们很少讲话,就是讲话也是咬着耳朵讲,生怕打扰师长。

敌人的大炮和轻重机枪不停地轰射着，间或有几颗无力的子弹落在地堡跟前。师长一直从枪眼里瞭望着，甚至没有去看挂图。其实不看挂图，他也能背出哪里有多少敌人，有什么工事。在前两天，他就把它们记得滚瓜烂熟了。他的手表上的分针，在瞭望中爬过一个个数字。

离总攻击还有一段时间，尽可以想些他需要想的事情。他想的不是过去；也不是现在，他信赖他的直属下级能够圆满地执行他的每一个具体的战斗部署；他想到的是未来，是这次攻击的远景，与其说是想到，还不如说是看到：比城里敌人多过几倍的兵力，强过几倍的火力，七八把尖刀在四五个方向同时插进，缩在瓮子里的敌人能招架得了？（他静静地笑了）结果就是长春和沈阳的孤立，就是东北敌人向悬崖走近了一步。这是有一条大路通到那里的远景，这是敌我力量对比的结果。自然重要的得要人去走，不要走错，还要克服路上的困难，这就要靠每个同志的努力了。努力，一切奇迹就从努力产生。

他拿起胸前的望远镜，向最前沿的那个屯子和红砖窑瞭望。那里，周围的雪地上，看不见一个人。本师的突击部队显然在镇静地等待着攻击信号。他嘉许这种镇静。他知道，在友邻的攻击区域，兄弟部队的突击部队也同样伏在敌人的鼻子跟前。经过这些同志的努力，突破了前沿阵地，就是走向胜利的第一步。但是还有更复杂更困难的任务，这就是纵深战斗。

他抓起通突击团的电话耳机：

“老王吗？都准备好了？好！好！突破以后，攻击要快，发展要快，把敌人插烂，打烂他们的部署！对！好好掌握战术。不要忘记联络。”

搁下耳机，抬起两只胳膊，向后连连弯曲了几下。他在五步方圆的地堡里来回踱了几转，参谋人员在旁边默默地看着他。

大炮和轻重机枪的声音激烈起来，雪地上冒起黑烟。他微微一笑。几天来，从黑夜到白天，从白天到黑夜，敌人几乎没有中断过轰射。从前敌人惧怕黑夜，现在连白天也惧怕了，不得不用炮火壮胆。这是因为冬季攻势中的每次攻坚战斗，我们都是在白天开始攻击的。在枪炮声中，模糊的两根大烟筒越来越明显了。他看了看表，七点四十二分。

远处响起几声闷沉的野炮和榴弹炮的吼声，听来很远，大概是城西的炮兵开始试射；随后近处也响了几声，这或许是在城北，或许是在城东北；紧接着地堡一震，顶上掠过一声呼啸，配合他那个师的炮兵也开始试射。打盹儿的电话员给惊醒了，向各个通话单位大声联络，一切畅通如旧。

城周围的炮声连接起来。李传纬仍旧站在枪眼跟前聚精会神地向外瞭望，看表的次数增多了。

正八点！

四平市跟前飞起三颗照明弹，我们的炮声突然连成一片，好像有人在打着急鼓。敌人的枪炮声全给压住了，变成霹雳声中的蛙鸣。四平市内外升起一柱柱黑烟，城边像是一下冒出一排黑色的树林，那树林飞快长高，霎时遮住了洋楼。烟火中翻飞着一团团大大小小的被掀起来的洋灰和砖瓦的碎片。从师指挥所顶上飞过的啸声变成一阵飓风，震得地堡都摇动起来。参谋们拍起了巴掌。电话员开始还数着炮声，不到一分钟只得呆笑着停下了。

这样猛烈的炮声，李传纬也是第一次听到。这能减少突击部队多少伤亡呵！他兴奋地拿起那架通炮兵部队的电话耳机高喊：

“我代表全师的指战员谢谢你们！”

话筒中传来了炮兵团长的尖细的、谦虚的声音：

“只是尽我们的职务罢了。谢谢你们步兵平时对我们的鼓励。还有五分钟，对不对？”

“对！”李传纬看了看表高喊。他立刻想起了炮兵团长的那热情的面容。

炮声更猛烈了，地堡里的说话声都听不见了。李传纬拿起望远镜，向藏着突击部队的地方望了望，还是见不到一个人影。他点头又一次赞许这种沉着。

八点十分。空中升起两颗照明弹，这是炮兵延伸射击的信号，也是步兵开始进攻的信号。李传纬把望远镜的一端贴在眼睛上，望着砖瓦窑。起初什么也没有发现，把镜头往四平市的方向移了移，这才发现有一个班像一条线一样，向烟雾腾腾的四平市冲去。

那群人进入凹地，一个个不见了。一眨眼间，又一个个地出现，还是保持着原先的队形。一会儿又不见了。

从砖瓦窑里又出来一股队伍，保持着同样的队形跟了上去，一会儿也不见了。

时间，好难熬的时间呵！

李传纬的镜圈里突然出现一面红旗，一面在烟火中飘动的鲜艳的红旗！就在这时候，通突击团的电话铃叮叮发响。他抓起耳机，听到王树功的叫喊：

“四平突破了！”

以后所有的电话机子就都叮叮地响个不停。王树功不断报告突击部队的前进消息，要求炮兵尽力先消灭成为最大障碍的某一个据点；炮兵团长告诉他已经集中火力轰击那个据点，甚至不厌其烦地说出炮弹的命中率；纵队部不断地通知新的情况：别的方向的尖刀连也顺利地突破前沿，而且有了缴获。他和作战科长分头向各团作了传达，他明白这些消息比单纯说：“你们前进呀！”要有力得多。

李传纬在通话的时候，眼睛没有离开过四平市，他好像看见有七八把尖刀同时插进，斩断了敌人的联系。在他脑子里的四平城东详图的复本上，也跳上了白光闪闪的尖刀，刺向用蓝铅笔标出的扎有一个营或一个连的敌人据点，那些蓝圈圈立刻给切成几截、几十截，变成虚线。他有两次在接了王树功的电话以后，用红铅笔在前沿阵地的某个据点上面画了个粗大的叉叉，就是说，这个敌人的据点不是在想象上，而是在实际上不存在了。

现在用不着望远镜了。后续部队一股股地涌进了突破口；更多的后续部队还从指挥所后面不断地涌来。其中也夹着担架队员。在他和四平市之间的雪地上，浮动着蓝色和黑色组成的线。他辨不出他们的脸，但他感觉得出他们的思想和意志，这就是向前！向前！

王树功来了电话：

“我跟着部队进城了。发展顺利。”

大炮轰响着。炮弹飞进市内，从黑烟的距离上，李传纬判断出此刻炮兵的射程增大了一千五百米。

电话员们紧跟着扑奔四平的队伍后边，两个一堆两个一堆地在雪地上插下一个个三脚架，缠上被覆线，向着四平的方向迅速地远去。

一切都很迅速和合拍，有条有理。他望了望远处的半晴半阴的天空，走近伏在另一个枪眼口瞭望的作战科长，拍一拍他的肩膀：

“你发觉了一件怪事没有？”

作战科长闪着眼睛，猜想师长所指的事情。李传纬不等他启口，径自说出来了：

“撒烂污的（是美制飞机的流行叫法）到现在还没有来。”

作战科长会心地笑了。

“平时哼哼唧唧，紧要关头它又不来了。”李传纬嘲笑了两句，走到地图跟前，推测着这时部队会发展到什么地方。

别的团也来了电话，报告团指挥所移进城里。

电话闲起来了。李传纬把蓝布面的大衣交给了警卫员，带上两个参谋、半个电话班，走出地堡。

李传纬师长的指挥所从来离火线不超过四里地。既然团指挥所都挪进城里，他也不愿再在这里待下去。他领头循着交通沟走下山坡，踩过一里半踏软了的雪地，来到那个小屯子里。在断墙残壁后面，见到了被烟尘弄得满脸漆黑的炮兵。从他们身旁经过时，他说了几句发自内心的慰问话，一直走到突破口前。

铁丝网和打碎的沙包散在道上，在黑黝黝的深沟上搭起了结实的木板。他走过木板，走过被炮弹打得残缺不全的地堡，来到护城河边。子弹密集起来，不知躲在哪个制高点上的残存的敌人，还在封锁这道河岸。他飞步冲过化了一层冰的河床，拖着湿淋淋的两条腿爬上岸坡，冲到一座房屋的侧背后。

这里就是四平市！去年部队进了大半个城，就是没有到达这个地方。前年，就在这个地方，打垮了蒋匪军无数次陆空联合的进攻。快两年了，他又踏上了这块熟悉的土地。如果他的部队能歼灭在划定区域内的敌人，如果别的部队都能如此，那么，最后就能把四平这个经过两次激烈战斗的全世界人民都熟悉的城市夺取过来，向全世界人民宣告中国人民力量的强大。

他倾听了一下枪声，以一个老战士的敏捷，从这个墙角蹿到那个墙角，从这个碉堡背后跃进到那个碉堡背后，弯弯曲曲地走了半里多地，拐进一条小街，在前面有高高的屋顶挡着的一排平房中挑选了一间房子，建立起新的指挥所。

炒豆子似的机枪声和步枪声在四近乱响，他却安下心来。现在自己就在部队的紧后面，他和他们又在一起，在一个城市里面了。第一件事情就是和各团取得联络。参谋被派了出去。

作战科长也带着个参谋赶来，带来一个消息：南满的兄弟部队在城西消灭了一个营的敌人。这说明别的方向别的区域打得很好。李传纬掏出一盒纸烟分给大家，而后专心地脱去打湿的鞋袜，让警卫员拿到灶前去烤。

联络参谋回来了。新的电话线迅速地从这里扯出去，扯到各团的新的指挥所。

从电话中不断地传来意料中的却仍旧深深打动他的消息。他盘腿坐在炕上，就着炕桌，在地图上打着记号，划去一个个据点。同时也在一个小本子上做着简单的算术，十八个人，三十七个人，五十九个人，或是十九条步枪，两挺轻机，三门六〇炮，又一挺轻机，两门轻迫击炮……每一个俘获的数字都说明敌人的力量在减弱，在我们走向胜利的道路上除掉一个障碍。因此，他对每一个小小的数字都很重视。

起初，一营的消息最多，但一个钟头以后，再也听不见一营的消息。又过了一个钟头，王树功来了电话，用略带忧虑的口气说：

"一营找不见了。"

"那是说，钻到敌人的肚子里去了！"李传纬思索了一下回答，接着语气转成了命令式，"你们打得不错。还要猛一点！不要让敌人喘过气来。跑昏的兔子好捉。"

机枪声慢慢远去，起初还有些冷枪打到对面一排房子的屋顶上，现在也听不到了。我们的大炮声也由密转疏，在城东详图上标示出的炮兵要轰击的目标，一大半都打上了叉叉。

来了两架敌人的战斗机，在城周围盘旋了一圈，在城外什么地方扫射了一阵，投下一串轻磅炸弹，被我们的高射炮一顿揍，它就发出惊惶的嗡声飞进云层。李传纬用轻蔑的眼光向窗外扫视了一下，一边穿着烤干了的毡袜子，一边幽默地自语说：

"来晚咯。飞机也走下坡路了。"

"大概没有联络上，还以为我们在城外呢。"一个参谋说。

“联络上又有什么办法。”李传纬轻轻地用手指骨敲着地图，“我们的人都把敌人插乱了！双方混战在一块，它往哪里扔炸弹好呀？”

指挥所里腾起愉快的笑声。

王树功又来了电话：

“一营找到了！好家伙，网住了一条大鱼——一个营带一个团部！”

“确实不确实？”李传纬兴奋起来。

“确实！我们这里有两个俘虏，他们的话跟几个老乡说的都对头。”

“好啊！别让它漏网。组织一下力量，准备妥当了再动手。有困难没有？”

“大楼挺结实。距离过远，城外的大炮怕打不准，最好搞几门山炮来。”

“行！马上拨一个山炮连给你们。”

李传纬立刻摇了电话给留在后头的四科长。一个钟头以后，师的炮兵营长亲自带着个山炮连开进城里。

二、三营的消息继续传来，但报告情况的换成了何建芳政委的声音。他说团长亲自上一营组织进攻去了。

太阳快要碰到屋顶的时候，话筒中传来王树功快乐的声音：

“大楼突破了！”

“谁第一个进去的？”

“二班代理班长方志坚。他挂花了。”

尖刀连二连把红旗插上突破口以后，猛力地向左发展，接连夺下两个地堡群，撕大了突破口，一直冲进街去。

起初，给轰得昏头昏脑的敌人，抵抗十分微弱，待我们一深进，抵抗就强烈起来。洪永奎生怕进展太慢，让敌人喘过气，集中起来。他再次下了命令,要突击排绕过伏在坚强工事里的零散敌人,只有遇到不可能绕过的工事时,才组织火力打掉它。

他们转过三条街,把一部分敌人甩在后面。到了第四条街,在每个十字路口都遇到了强烈的火力,不得不停下来去拔掉这些挡路的据点,或是设法从民房中穿过去。前进的速度,慢慢地迟缓下来。

他们困难地转过那条街,来到一条宽敞的大街上。走不多远,密集的子弹迎面飞来,把地上的雪打成许多窟窿。他们暂时在一条小巷子里隐伏起来。敌人打不到自己,安稳是安稳的,可是更重要的是任务,必须插到敌人的心脏里去!洪永奎和戈华商议了一下,决定从这条巷子里插过去!反正往西北走就错不了。

洪永奎带领着队伍朝北插下去,然后往西,然后往北,然后又往西,密集的枪声给远远地撩在后面。

洪永奎转出一条小街,眼前突然开朗,这里是个大广场。大约二百米以外矗立着一座四层楼的洋房,楼里在打枪,并不是向着他,而是向着四面八方。他拐回小街,命令队伍停止前进。

他和戈华进入一间靠着广场的平房,从窗口中仔细瞭望:四方形的大楼的正面,每层楼有二十多扇窗户,底层的窗户上堆着沙包,楼跟前的几个地堡张着黑洞洞的眼睛。

他们在屋里的地窖里找到了房东,问了问,光说楼里的人很多,常有大官坐着汽车进出,别的就不知道了。他们又找了几个居民来问,其中有两个不肯定地说:总有一个多营吧。比较起来,这算是最具体的情况了。

洪永奎一面派人向营部报告情况,一面命令以排为单位分散占领正面的平房,看住敌人。

全连刚安置好火力,从左手方跑来一股敌人,向大楼的方向跑去。

到现在为止，敌人还在胡乱打枪。打会暴露自己，会暴露自己火力的单薄，但是绝不能让敌人再增加实力，再则要了解楼里的确实情况，也得靠他们了。洪永奎迅速做了决定：打！

第一排冲了出去，用迅速和突然的动作打乱了敌人。二班首先插进敌人群里，把他们打得倒的倒，散的散，抓了两个俘虏。往回走的时候，楼里射出疯狂的火力，有两个战士负伤了。

在个别盘问中，两个俘虏都说楼里有一个营带一个团部。他们这个排原守在左边大路口的地堡群里，是连长要他们撤回来的。

一营长带着一、三连上来了。他立即带着连长们绕路到大楼四周察看地形。在大楼后面蹲着一排矮平房，那地方离大楼不到一百米，在步枪的准确射击以内。一营长微微蹙起了眉头。他把一、三连放在翼侧，三面围住了大楼。在大楼后面和那排矮平房之间的侧面，安下两挺重机枪，防止敌人逃窜。待布置好了才派人跟团部联络。这一段时间也就是一营“失踪”的时间。

王树功得到消息，立刻跑到那里去了解情况，察看地形。大楼的正面和翼侧，我敌距离都是二百米左右，要冲过这片开阔地是不容易的。使他最不安的还是在敌人的屁股后面留着个空隙。

自然，一营长的布置也有他的道理：敌我的力量相等，应该尽量避免自己的损失。蹲在楼后面那排平房里，伤亡的可能性就会增大。他的布置是谨慎的。不过，如果敌人真的从后面突围，封锁道路的重机枪固然能够杀伤一部分敌人，但也只是一部分而已；而且从距离来看，那排矮平房还是进攻大楼的最好的冲锋出发地。从那里进攻，恰恰会减少自己的伤亡。

经过再三考虑，王树功下了决心：占领那排平房！于是他回到团部，向师长报告了情况，要了一个山炮连，把团部的一个警卫排也带了上去。本来他还可以问师长要一部分队伍，但别的团同样在执行任务,或许处境比他还要困难。他决定不开口要人。他认为带上去一个警卫排,就可以抵消敌人在人力方面的优势。意外是不会有的,比方说敌人从别处向大楼增援。他确实地相信:兄弟部队此刻一定也把别的部分的敌人斩断割裂,紧紧包围住了。

他判定敌人不敢从正面出来。正面,就是我们突破的方向!他决定把警卫排放在正面,抽出二连去占领大楼后面那排平房。

他把洪永奎连长叫来了。

"你们的伤亡怎么样?"

"十三个。实际上是七个,六个挂轻花的没有下去。"

"战斗力还很强呵!"

"是的!"洪永奎肯定地回答,"很强!"

"你们首先抓住敌人,可不能让楼里跑出一个人去。给你们一个新任务:切断敌人的退路。"

"占领那排矮平房?"洪永奎在看了地形以后,就认为应该占领那排矮平房了。

"想过了吗?"

"想过了。能够完成任务。"

"好!"王树功握了握洪永奎的手说,"有没有什么困难?"

洪永奎把散开的兔皮帽耳翻上去,打了结子,紧了紧皮带说:

"没有!"

"那就这样决定了。你们的任务是艰巨的,要能经受得住敌人的火力。"

"我明白。"

"首先是守住,不让敌人逃跑。然后是进攻,吃掉敌人!"

"什么时候进攻?"

"炮兵轰击大楼的时候。"

往回走的时候,洪永奎是兴奋的。他知道自己带领的连队是个保持优良的战斗作风的连队;他也知道一个荣誉的连队应该做些什么,因此他总是争取着去执行艰巨任务。现在又一个新的艰巨任务落在二连的身上,通过它,全连将会得到新的考验和提高,他怎么能够不兴奋呢!

洪永奎回到连里一传达,全连沸腾起来。他们在猛烈的火力掩护下,绕到平房后面,安全地占领了这排平房,他们打通了所有的房间。还没有站稳脚,大楼里的疯狂火力就向平房扫了过来。

需要谢谢平房里的主人,或许是要谢谢敌人。去年战斗时敌人的滥炸滥轰使居民遭受许多损失。这残酷的教训使得家家户户都挖有精致的地窖。现在二连的同志正好把这些地窖当成防弹洞,只留下少数人在墙跟前监视。敌人的盲目射击并没有造成什么损失。

接通了电话,洪永奎把这个情况告诉团长。王树功安心了。

师的山炮连及时赶到。粗胖的、愉快的炮兵营长来接受任务。王树功握着他的肥厚的手掌说:

"任务是困难的。打蒙大楼上的敌人,要从正面打!不要打着自己人。"

"我从来没有打着过自己人。"炮兵营长抽回手来。

"这回不大一样。大楼紧后面就有我们的步兵。"

"离多远?"

"一百米左右。"

"放心。"炮兵营长说,"我的炮手们是既不会打近弹,也不会打远弹的。为什么要从正面打?"

"敌人的主要火力布置在正面,也为的不让敌人从正面冲出来。我在正面只放了一个排,人手不够呵!他们是一个团部加一个营,我们是一个营加半个团部。"王树功的手掌落在炮兵营长的厚墩墩的肩膀上,"你们一来,我们就成了优势了。"

“等炮架好了才能算。”炮兵营长笑着回了一句。

炮兵营长由一营长陪着看地形去了。

王树功摇动电话。

二连连部里的电话机子叮叮地响了起来，守在旁边的洪永奎抓起耳机。

二连连部设在一间六步见方的房子里，冷风从墙窟窿里穿过来，房里像冰窖一样。洪永奎和戈华却一点不觉得冷。戈华刚到各个房子里去做了鼓动，带回来好几份战士们匆匆写成的入党申请书。每次战斗中都是这样：同志们递上来的每一份入党申请书，对他都是个鼓励，增强了他的一定能打赢的信心。他此刻正在兴奋当中。一见洪永奎在听电话时的神色，他从心底感觉到那定是个诱人的消息。果然，洪永奎放下耳机说：

“炮兵来了。团长要我们进行攻击准备。”

连长的声音虽然不高，伏在隔室的方志坚已经听见了。他探过头来说：

“连长，爆破的任务是我们的！”

“好好监视敌人！”

洪永奎说罢和戈华低声地谈了起来。

枪声突然激烈，墙窟窿里蹿进红光。洪永奎一步跳出来，跨过方志坚战斗小组卧着的房子，向闪着红光的方向跑去。

十分钟以后，洪永奎带着熏黑的脸回到连部，棉衣的袖管给烧破了一块。

“敌人的燃烧弹把房子打着了，它拼命集中火力往那里打。你看毒不毒？”他停了停，压低声音说，“一排长给打倒了。”

“要紧不要紧？”

“火扑灭了。”

“我是说一排长。”

“由二班长代理一排长了。”

戈华闭紧了嘴巴。

排长们被召集到连部，洪永奎分配了各排的任务，决定由方志坚战斗小组执行爆破。

墙角落里的电话铃又响了，洪永奎用滚烫的手抓住耳机，听到团长的声音：

“吃掉那条大鱼的时候到了。十五点三十分开始炮轰，三分钟后进行爆破。现在是十五点二十三分。好好检查一下。祝你们成功。”

爆破小组伏在一间直对爆破点的平房里，四个人贴着墙根，透过新挖成的枪眼向爆破点凝望。方志坚把一个爆破组长要说的话都说过了。因为大楼结实，决定三包炸药一块炸。爆破的序列是他自己、苗得雨、方世兴。由方世兴拉火，苏广安作了递补员。

方世兴紧贴着炸药包，一眼不眨地望着对面的墙根，那白色的墙壁和雪光映花了他的眼睛。他陷入了沉思。

苗得雨在他身旁低声地说：

“咱俩的次序还是换一下吧。”

“我在想，”方世兴依旧望着对面的墙根，“从这里到那座洋楼，别的人跑一次，我们搞爆破的就得来回跑三次。要是不响，炸不开，兴许要跑五次、六次。我们的伤亡可能性要大好几倍。”

“想这个干啥！”苗得雨说时把炸药包往前推了推。

方世兴捂着嘴轻轻咳嗽了一下，继续说下去：

“就算它七次吧，也算不了什么。百米距离，跑一次最多半分钟，合起来也不过三分半钟。这三分半钟以内可能伤亡，可也不过三分半钟呵！我给抓劳工修公路那回，半年内，天天都有累死、病死、打死的可能，可是终究没有死。半年都没能死得了，这三分半钟能把我怎么样？”

“就是呵，何况死了，还有那么多同志在。”苗得雨接口说。

“我可从没有想到过死。”方志坚插了进来，“那回挂了花真觉得奇怪，我怎么会挂花呢？就是挂花，我想，一生也只是一次罢了。”

“我相信，在冲锋的时候真的被打死了也是轻松的。”苗得雨说到死好像在说某种好玩的东西似的。

苏广安听着他们的谈话，一直处在矛盾复杂的心境当中。他渴望把自己手里那包炸药送到大楼跟前，但他只有在某一个同志遭到不幸的时候才有可能执行任务。他竭力不想这个，憋得脑袋发涨，不声不哼地抽着烟。方世兴过了一会儿才连连地说：

“是啊，这样死了是轻松的，是会轻松的。”

“想一想怎样让敌人死吧！”

他们回过头，见李进山站在身后。他以老战士所具有的神态走过来，趴在方志坚和方世兴的中间，望了望对面的墙根说：

“再过三分半钟，我们就要敌人死了。炸药得堆在一起，别离墙远了！”

“敌人跑不了的，排长！”方世兴说罢在掌心里吐了些唾沫，狠劲儿擦了擦。

“轰！”我们的山炮响了。接着又是轰轰两声。随后炮声不住地轰鸣起来。墙窟窿里传来欢呼的声音：“三楼冒烟了！”“四楼冒烟了！”

山炮连续轰击了三分钟，轻重机枪在隔壁和邻近的地方，刮风似的扫开了。

李进山打开房门，方志坚端起三十多斤重的炸药包冲了出去。

方志坚在掩护他的火力组成的围墙里跑着，他的眼睛死盯着那堵洋灰墙。楼里打出来的子弹咬起雪块，细雪粒蹦在他的靰鞡尖上。他一口气跑到大楼的墙根下，安下了炸药包就往回跑。在半道上遇上了苗得雨。

苗得雨躬腰跑着，风衣角在他身前身后飘荡。他只听见子弹在脚底下嗖嗖发响，他一步没停，跑到爆破点，把炸药垒在第一包上面。现在不要紧了，这地方是个死角，除非敌人从楼窗口投下手榴弹来，再没有什么东西能碰伤他的毫毛。但他料想敌人不敢，手榴弹会碰巧代替导火索的。他扯起风衣角揩汗，发现上面穿了四个破洞。他狠骂了一声，贴紧墙壁，等待方世兴上来。

方世兴不紧不慢地跑到目的地，把第二包炸药往里推了推，加上自己的一包，然后挥手叫苗得雨回去。苗得雨说：

"我来下！"

"快下去！"

"我来下！"

"下去！快下去！"方世兴擂着炸药包，坚决地说，"执行原来命令！"

苗得雨听了这话，只好最后望了眼炸药包，跑回去了。

方世兴点着了导火索，那微微的火光嗞嗞地响着，多鲜艳呵！他没有马上离开。一上来他就打定主意：虽然准备来回跑七次，最好还是跑三次，不能让导火索熄灭。

导火索燃得短了一分又短了一分。这时，刮来一阵风，火光爬得很快，熄是熄不了了，只是要跑回平房里，大概晚了。他飞跑出三五十步，就扑倒在雪地上打起滚来。刚滚了两下，听见一声山崩似的响声，地面震动了，身上撒下一阵雪末土块，背上给什么东西狠打了一下，他一纵身跳起来，看见杨占武带着二班同志冲上来了。他接过苏广安递给他的大枪，飞步向突破口奔去。

在齐楼高的烟雾里，飞出子弹和手榴弹。有颗鹅蛋形的手榴弹落在杨占武面前，他一脚把它踢飞，接着飞来的另一颗却在他跑过时爆炸了。他一下栽倒在地，风衣的裂口冒出鲜血。在他紧后面的方志坚只觉脸上洒下一阵雹子,有股发热的湿黏黏的东西流进脖颈。

方志坚明白班长负了重伤,但他没敢去管他,他想到:如果迟延一下子,让炸昏的敌人全部清醒过来,封锁了突破口,就会前功尽弃,不知道要多流多少同志的鲜血。他蹿上去捡起杨占武的冲锋式,转脸高喊:

“我代理班长! 冲啊!”

他穿过弹雨,第一个扑进烟雾。楼里传出闷沉的连珠似的冲锋枪声。别的人也先后扑进烟雾网里。

从杨占武负伤开始,这一切都在十秒钟内发生。靠在窗台上射击的洪永奎不但看清楚方志坚的血流满面的脸,也听见他的嘶哑的喊声。他抓起身边的耳机,把突破大楼的消息报告给团指挥所。

二十五

方志坚冲进爆破口，一边举起冲锋式就扫，一边察看动静。他一眼盯住了一座宽阔的石梯，有伙敌人正在往上跑。他想：趁混乱的时候冲上去，不让敌人在楼上站稳脚，别的部队会来消灭楼下敌人的。于是他转动着枪口，用火力给自己开路，一直冲上楼梯。二班同志也紧紧地跟了上来。

敌人被打乱了，有的从宽大的走廊里钻进房间；也有的从房间里窜出来沿着走廊飞奔。方志坚撇下躲避的敌人，沿着走廊一直追下去。

在前面跑着的一群敌人，到拐角的地方，纷纷后退，丢掉武器，高高举起双手。原来第一连的突击班登上另一座楼梯兜抄过来了。

方志坚一步没停，带着全班冲上三楼。长长的走廊上跑着敌人和我们的人。他们立刻加了进去，以乱对乱，分散追堵。敌人少了，不见了。我们的人在房门口喊话，射击，撞进门去，抓出一个两个以至一小群敌人。

方志坚经过一个房间时，见方世兴从里面出来，押着一个俘虏。那人才十七八岁光景，全身都沾着煤屑子。方世兴上前报告：

“这家伙钻在煤堆里面，费了老劲才把他挖出来。”

方志坚从敞开的房门里往里一瞅，见屋里有个两抱粗的大炉筒子，旁边散着煤块。此外便是从窗口上倒下来的沙包，翻倒的凳子，散满一地的子弹壳。没有一个人影。透过敞开的窗子吹过来的风，吹得满脸生痛。他带上门，顺手摸了摸脸，摸了一股凝血。一发觉这个，脸上的刺痛更加剧烈。他咬着嘴唇，不让自己哼出声来。

“班长！下去吧！”方世兴说话时把眼睛转向别处。

“不要紧，擦去块皮！”方志坚一手护着脸说。

方世兴看得清清楚楚，班长的脸上是血，左肩膀上是血，哪止擦破块皮。

“我找卫生员去！”

“别去，一会儿就好了。”方志坚一把拖住方世兴。为了忘记自己的创痛，他走近打抖的俘虏，问：“你是哪一部分的？”

“团……团上的勤务兵。”

“团部的吧？”方志坚见他吞吞吐吐，诈了他一句。

俘虏望了望自己的胸章，无可奈何地点了点头。方志坚紧接着问：

“团部在哪？”

“在地下室里。”

“团长呢？”

勤务兵的脸变得煞白，轻微地摇了摇头，眼看就要昏倒。方志坚一把扶住他问：

“怎么搞的？”

“我饿。”

方志坚从干粮袋里倒了些炒芝麻给他。俘虏不敢接。经方志坚一再催促，才摊开手掌，接过炒芝麻，几口吞完。方志坚又在他的手掌上倒了一大把。俘虏吃完后舐了舐嘴唇，脸上有了活气，那对眼睛也不像先前那样呆滞了。

“闲常听弟兄们说你们宽待俘虏，可是团长总说落在你们手里就没个活。我不知信谁的话好。现在可信实弟兄们的话了。”

方世兴有点不耐烦，手一挥说：

“喂，你自个儿下去吧，别害怕。”

“我有句话说，”俘虏走了两步又转回来，放低声音说，“团长就在里边，躲在炉筒子里边。你们千万别说是我讲的。”

“他为什么不在指挥所里？”

“怕弟兄们抗不住，督战来的。你们一往上冲，他就叫弟兄们从窗子里扔手榴弹。”

方世兴听到最后一句话，脸气得铁青，一翻身推开房门：

“出来！快爬出来！”

啪！炉洞门的格子缝里射出一发子弹，落在他脚边。他一跳跳到炉筒旁边，正要拿刺刀往炉筒门里面捅，听见方志坚沉着的声音：

“把炉筒门挑开。”

方世兴理解班长的意思是要捉活的。便用刺刀尖挑开炉洞门，顺势抽出个手榴弹，诈诈唬唬地说：

“数到五还不出来，手榴弹就不容情了。一！二……”

“就出来！就出来！”炉筒里发出又慌又急的叫喊。

“先把武器丢出来！”方志坚在门边吆喝。

一支乌亮的短枪飞到墙根下，随后是一夹子弹，再后伸出一双漆黑的、指头短胖的手。

躲在炉筒里面的是个反动派的团长。刚才已经打了一下冷枪。对他，一定要提高警惕。方志坚再一次吆喝：

“还有武器没有？待会搜出来就不客气了！”

两只黑手缩了进去。里面窸窸窣窣响了一阵,又丢出一支手枪,两夹子弹。

方志坚抢进房里,把枪口对准炉洞门,用头部做了个姿势,方世兴跑到墙根前,捡起手枪和子弹。

炉洞里接连爬出两个黑人,先一个是胖子,后一个是精瘦的矮子。他们的胸章肩章都扯掉了,举起双手,面壁站下。

方世兴用刺刀尖在炉洞里搅了一通,挑出一件水獭领的貂皮大衣。他厌恶地把它掷到俘虏跟前。随即在俘虏身上细细搜了一阵,没搜出什么武器。

"哪个是团长?"方志坚见两个人同时转过脸来,同时露出一副惊讶的脸相,便冷笑了一声说,"你们的勤务兵早都说了,别装蒜!"

胖子望着脚边那件宽大的水獭领貂皮大衣,声音像泄了气的皮球:

"我是。他是副官。"虽是扮着笑脸,眼睛里分明闪着两道凶光。

"跟我老老实实地走吧!"方世兴吆喝一声,像赶羊似的把两个俘虏赶出门外。

他们走到走廊上,枪声差不多全停止了,紧张的时刻一过去,方志坚变得软弱起来。脸上像有烙铁在烫,牵动得脑门也一阵阵涨疼。头顶上好像有块大石头尽往下压,尽往下压,要把他的全身都压下去。眼前跳出金星,起初是几颗,一会儿变成几十颗,几百颗,上下左右地迸跳。耳朵旁边像竖起许多电线杆,嗅嗅乱叫。他不断地摇头,想摇掉那些金星,金星反倒越来越多。他勉强走到楼梯跟前,恍惚之间,见团长和连长迎面上来。隐约听见连长的声音:

"别的都不短,就是找不见团长。"

这就是他最后听到的声音。那声音跟喤喤的叫声合在一起，越来越远，突然什么都听不见了。他向前一扑，倒在洪永奎强壮的胳膊弯里。……

方志坚醒来时，发现自己躺在一间宽敞的房子里，有人在昏暗的马灯光里悄悄地走动，有人发出哼声，他已经闻厌了的硼酸和酒精的气味往鼻孔里直钻。脸上紧鼓鼓地不好受，一摸，大半个脸上扎了绷带，只露出一双眼睛一张嘴。远处的枪声唤醒了他的记忆。他从柔软的褥子上爬起来问：

“这是什么地方？”

“绷带所。”一个小卫生员边回答，边端着碗开水走过来。

他一口气喝完水，喉咙还有点烧。

“见了杨占武没有，同志？”

“谁？”

“杨占武同志！我们二连的二班长。”

小卫生员走到一张桌子跟前，拿起个本子翻了一会儿：

“是炸伤的不是？”

“是啊是啊。伤重不重？”方志坚不自觉地撩开被子，走到桌子跟前。

“一块弹片打进背脊。得动手术。送走了。”

“我是问伤重不重啊？”

“不是告诉你了吗？不算重。你吵些什么，快去躺下！”小卫生员用尖尖的、命令式的语气说，把他扶回原处躺下。

远处的枪声变激烈了。他闭着眼睛听了好一会儿，突然抬起头说：

“有没有吃的东西？”

小卫生员欢欢喜喜地跑开。这时又抬来了几个伤员，医生和护士更加忙碌起来，他们轻脚轻步地走动着，墙上晃着巨大的影子。他忍受不了这种匆忙的静肃的环境，远处的枪声好像在向他召唤，他又一次支起身子。恰好小卫生员端着一瓷盆面条进来了，露出不满意的神情说：

“你这是做什么？”

他不答话，接过小卫生员盛给他的面条就吃，吃了一碗又一碗，把一瓷盆面条连汤喝完，觉着比刚才有劲儿多了。小卫生员一直在旁边含笑地望着他。

趁小卫生员收拾了碗筷瓷盆走出去的时候，他站起来走动。脸上还有点疼，两条腿却是好好的。小卫生员回来了，气鼓鼓地过来拦他。他这回不退让了，他说他能走，还能跑，不妨跑几步试试。他跑到门口，拉开门，就放开步子向枪声密集的方向跑去。

方志坚像一匹脱缰的马一样地跑着。他一心挂念着自己的连队，挂念着失掉班长的二班同志们。

天上红一片紫一片，他一直向发着红光的方向奔去。一路上碰见成串被押解下来的俘虏，碰见好多副担架，也碰见一队队从横街上穿过的队伍。他打听着本营本连的位置，回答的都是摇摇头。他跑着，打听着，突然之间，看到了非常熟悉的广场。广场上的雪差不多都化了，对面隐隐约约露出个四层大楼的轮廓。呵，这就是他负伤的地方。楼里没有灯光，守在大楼门口的两个岗哨，他一个都不认识，问也没问出结果。他经过那排熟悉的矮平房，一路上看到的还是老样子：我们的队伍，俘虏群，担架队。还是打听不到本连的消息。枪声更近了，那团火光就罩在头上。他打定主意，能找到自己的连队最好，找不到，就要求别的部队暂时收留下，待打完仗以后再找。

生活中经常遇到这样的情形，当你专心寻找某一个人的时候，那个人好像突然在这个世界上隐没了。无意之间，你偶然在窗口上一望，那个人正站在你的窗跟前哩。现在方志坚也正好遇上这种情况，当他准备让首先碰到的部队收留他的时候，从横街里转出一个人来。一见那熟悉的背影，他高兴地大叫起来：

“连长！”

那人正是洪永奎，他刚从营部开了会出来。只是从声音和走路的姿态上，他才辨出那个满脸裹着绷带的人是谁。他抑制着兴奋说：

“伤怎么样？”

“我的枪还在不在？”

“歇歇去吧，营部离这不远。”洪永奎指一指那条横街，“靠右手第三个门就是。”

“二班在哪？”

从方志坚坚决的眼光里，洪永奎看出劝他休息是无效的。他见过这样的战士。

“伤不要紧？”

“打枪跑路都行！”

“走吧。”

路上，洪永奎简单地介绍一下情况：本营在继续进攻时又消灭了一个营，现在正和兄弟部队一块，围住了设在天主教堂内的敌人总指挥部。

他们拐进一条小街，进入一个黑黝黝的胡同。洪永奎推开一扇门说：

“你们看，谁来了？”

黑暗中跳起一簇人，把方志坚围在中间。洪永奎临走时说：

“抓紧时机准备准备。快要进攻这个最后的据点了。”

苗得雨把方志坚拉到墙角落里说：

“班长，你来晚了一步。”

“赶上打敌人的总指挥部也不晚呵！”

“没见到咱们的方世兴逞英雄，真是可惜！”

“有什么说头。你就是好咋呼。”方世兴蹲在一旁说。他在黑暗中熟练地卷着卷烟。

苗得雨没理他，还是咋咋呼呼地说下去，做着手势。

“我们离开大楼向前进攻，遇见一帮反动派队伍。我们打横里一插，那伙子敌人一下散了。方世兴紧撵着一个当官的，我怕他吃亏，随后赶上去。撵了一趟半街才撵上，他们两个扭打起来，待我赶到时，那家伙给压在底下直叫唤。我一看，方世兴咬着那家伙的右手，把肉都咬下一块来了。抓回来一问，你猜是谁，原来就是土匪头子‘镇三关’。听他部下说，早先他是个挨斗的地主！你还记得那个怪可怜的小老头儿吗？”

“叫他投降他不听，我就不客气了。狗日的，连肉都是酸的。”方世兴抽着卷烟，恶狠狠地说。

“好！这一次再抓他个城防司令！”方志坚在他的大腿上擂了一拳。

“没有咱们的份儿了。”方世兴叹口气说，“这回咱们是二梯队。”

“二梯队正好抓俘虏呵！”方志坚这话是用代理班长的身份说的。

“尽抓俘虏也不是味。唉，没想到打得这么快。”苏广安在一旁说了一声，把冰冷的枪身贴在脸颊上。

“打得快有什么不好？看你想的。”

“不过瘾哪，班长！”

连部通信员送来了冲锋式和子弹带，方志坚在黑暗中敏捷地装上梭子。苗得雨笑着说：

“这回千万别挂花了。”

“我根本没有把这次伤算在账里。”

李进山推开门，用全室刚能听见的声音说：

“快吃些干粮。再过半点钟就要进攻了！”

战士们安闲地吃着干粮，抽着烟，让时间慢慢地滑过。

天主教堂里的敌人，又在不停手地射击着，而且越来越激烈了。老一点的战士都能辨出，这是慌乱、恐惧和绝望的表现。

突然，我方的枪炮声像狂风暴雨似的响起来，压倒了敌人的盲目的射击。方志坚静听着，他想辨出我方到底用了多少门山炮、迫击炮和小炮，用了多少挺轻重机枪，但是听不出来。炮声刚止，就传来了接连的爆破声音。他们冲出屋子，冲向敌人的总指挥部。

方志坚领着二班进了爆破口，来到大厅边沿，看见在一座窄狭的精致的石楼梯附近，手榴弹的碎片夹在火光烟雾中四处飞舞，几乎成了一片火海。宽敞的大厅里热得穿不住棉衣，一张口就忍不住咳呛。显然是二楼的敌人封锁住楼梯，不让我们上楼。突击部队伏在楼梯背后，伏在远处的墙角落里等候时机。然而新的手榴弹继续在楼底下爆炸，浓密的烟雾慢慢地遮掩了大厅。

方志坚退出门外，见火光和烟雾从打破的窗口里，从炮弹打穿的墙窟窿里穿出来，那飞升的烟雾把二楼的窗口也遮掩住了。一个念头触动了他，他找到李进山说：

“咱们从二楼的窗口爬进去！”

梯子没有带来，就是带来了，目标也太大。方志坚提出了新意见：人叠人，悄悄儿地上去。墙上好在有被炮弹打出的窟窿可以垫脚。

他们贴着墙察看地形。有一处楼窗底下有个炮弹窟窿，他们决定就从这里上去。回到突破口边上，李进山沉吟起来：

“谁先上去呢？这第一个……”

“我先上！”方志坚这一想法是跟爬窗进去打的想法同时出

现的。

“你挂花了。”

“我记得入党时讲过的话。”

“不”，李进山摆了摆头，“要看有没有可能。”

“做不到的我不强求。”方志坚的语气不但坚决，还带着诚恳和自信。李进山仍然不放心：

“第一个一定得进去呵！不然就会影响别人。你的头……”

“不碍事。我在绷带所已经睡了一大觉，吃了顿饱饭。”方志坚急促地说，听见大厅里的爆炸声响得更紧，他攥紧拳头：“排长！时间要紧！”

李进山尖锐地望了望方志坚，吩咐了几句话，要他们脱掉靰鞡上去。给紧接着上去的前三名都配备了冲锋式。

方志坚带着二班悄悄地摸到那个窗户底下，按规定好的次序叠成个四层宝塔形。

方志坚的脚离开微微摇动的肩膀，踹进窗子底下的炮弹窟窿，攀住窗户，猛一耸，翻进窗口，只听身边有人惊叫一声，他连忙卸下冲锋式，顾不得细看，向四周猛扫了一阵，然后换个地方，贴住墙脚，向着被火光映红的地方倾倒出子弹。

背后隐约闪来一股冷风，他急忙打了一个滚，听到铁器碰击地面的声音，他正要转身射击，听见苏广安的短促的叫唤：

“我来对付他！”

在他的身旁，两个黑影急遽地滚动起来。

“来人哪！来——”那闷沉沉的叫喊在半途中突然停止，转成短促的窒息的喘气声音。

在火光中奔过来一群敌人，方志坚赶忙换了一梭子，嗒嗒地喷射过去。敌人也趴倒还击。他似觉身旁多了个柔软的身体，一道火苗在他眼前飞奔出去。一霎间，又多了一道火苗，显然是苗得雨和方世兴也跳进来了，眼前活着的敌人四散溃逃了。

方志坚这时才有机会向四周扫视一眼，发现自己是在一间房子里，敞开的房门正对着楼梯口。他掏出颗手榴弹扔过去，并用全力高喊：

“解放军都上来了！缴枪吧！”

在喊声和手榴弹的爆炸声中，楼梯口的敌人慌乱起来，有的回身射击。这时苏广安已经扼死了那个敌人，也用冲锋式向他们射击起来。

楼梯旁边的敌人连续倒了几个，由慌乱转为动摇，哄一下四散躲开，方志坚向后一摆手冲了出去。就在这时候，一股人迅速地冲上楼来。

开始了短兵接战。突击部队不断涌上，愤怒地射击、追逐、劈刺。敌人发疯似的顽强抵抗。到处闪着子弹的火星。方志坚的毡袜里渗进湿黏的鲜血。

清晨来到了，敌人要躲在暗角落里打冷枪是不可能了，终于一个个地钻出来缴了枪。

方世兴紧跟着方志坚转到楼梯跟前，见楼梯口摆着十来箱打开的手榴弹，地上也堆着。看来敌人早做了顽抗的准备。方世兴气狠狠地说：

“他们还盼什么呵？这些家伙！迟早是个完。”

“大概还梦想着天上掉下来的救兵吧。”方志坚在鼻孔里哼了哼，捡起几个手榴弹塞进口袋，转上楼梯。

他们上去得有些晚了，三楼的敌人已经完蛋。迎面遇见好些被押解着的俘虏，佩着各种不同番号的符号，看来他们都是最顽固的敌人，从各个地方最后退聚到这里来的。方志坚他俩在一间房门口遇上了李进山。从敞开的门里望进去，一张大办公桌上散乱着各种纸片，一个打开的皮包躺在绿绒玻璃板上，一把红丝绒的安乐椅静静地站在桌子背后，在它上面的灰白的墙壁上，有张画像给撕去了一半，只剩下穿着黑色斗篷的半截身子。李进山拉了方志坚一把，指着门上一块画着棺材的木牌说：

“这是城防司令的办公室。你看，他还要跟四平共存亡哩。骗子手！”

从什么地方腾起欢呼的声音，迎面跑来一群身穿草绿色军装的战士，一见他们，就擎起枪，笑着，喊叫着，加快了脚步。李进山陡然两眼放光，挥着手抢过去，握住其中一个人的手。方志坚开头有点茫然，此刻才蓦地想起：

一定是南满的兄弟部队！

他的心像长起翅膀，冲过去握住一个消瘦的、精神饱满的战士的大手。那人笑着，用带着重鼻音的南满口音说：

“敌人消灭了！”

“敌人消灭了！”方志坚重复着对方的话。

那个消瘦的、精神饱满的战士注视着他的绷带缝里的眼睛，使劲儿地摇撼他的手。在身边、在周围、在别的地方，扬起一阵阵越来越大的欢呼声音。

方志坚笑着，定定地注视着那个战士的饱经风霜的紫铜色的脸。一道血红的阳光从窗口照进来，照亮他们欢快的年轻的脸孔。方志坚头昏了，然而他笑着，尽力在握着的手上加劲儿。

在屋顶上，一支铜号用嘹亮的喉咙欢呼起来！

二十六

在南方已经是春暮花落的时候，在东北，正是百花怒放的时节。辽阔的田野上移动着农民、耕畜和钢犁。填上新词的《月牙五更》小调，从新解放的广大的辽河平原上唱到松花江边，唱到鸭绿江边，唱到辽远的黑龙江边，唱出解放后的愉快。

这天清早，在辽河边上一个新解放的镇子里，一个个连队走进一座学校，在大操场上聚集。

草地上坐满穿着草绿色新军装的指战员。擦得油光乌亮的卡宾式、冲锋式和七九步枪偎依在战士们的肩膀上。每隔四排，就放着一长列套上绿色枪衣炮衣的轻重机枪和六〇炮。坐在前几排的人，胸口上都插着一朵大红花，在绿色的陪衬下显得格外鲜艳。他们面前有座用各色幕布扎起来的台子，正中挂着毛主席和朱总司令的大像，台侧挂满红锦旗，台柱上贴着四尺多高的红纸，上面密密麻麻地写着名字。英雄榜上的第一名就是方志坚！

操场两边栽着几十棵柳树，麻雀在树上啾啾叫，像在呼唤它们的同伴：来呀！到这里来呀！看呀！多迷眼呀！

胸前挂着红布条子的女宣传队员，在功臣席上奔走，把开水和纸烟塞给挂着大红花的人。师宣传队的乐队也来了，坐在台下的左侧，黄铜和白铜闪着淡光。

台上出现三个人，在铺着红毯子的桌旁的长凳上坐下，坐在两边的是王树功和何建芳，中间的是师长李传纬。他们望着台下的人群，一径发出微笑。两个警卫员捧上一大抱折叠起来的锦旗，一大沓印刷精美的纸张，几个大大小小的盒子，放在桌上。何建芳跟师长团长交换了几句话，走到桌子前边，简单地却是兴奋地致了开会词，他说东北人民解放军在冬季攻势中消灭了十五万余敌人，四平城里的两万敌人一个也没有漏网。庆贺这一伟大的新胜利，庆贺这次战役中的人民功臣。

李传纬师长一直走到台口，用激动的高亢的声音讲话：

“我先报告大家一个好消息：咱们的延安收复了！”

爆发了狂风暴雨似的掌声。人们站起来，双手举过头顶，齐声欢叫，几千双闪亮的眼睛同时聚在一点上，聚在毛主席和朱总司令的巨大的半身像上。洪永奎的眼睛里闪着泪花。

李传纬在台口上足足站了七八分钟，待掌声静息了，才继续用激动的高亢的声音说下去，每一句话里都浸透强烈的感情。他指出中国人民解放军能在全国范围内进行全面反攻，是跟毛主席的英明领导分不开的。东北战场上的胜利，主要是由于正确执行了毛主席的战略方针。他号召全体功臣和指战员要永远做毛主席的好战士。

一阵狂烈的响亮的口号声过去以后，王树功走到台子边沿，念完一长串功臣名单和功臣事迹，喊出第一个领奖人的名字。

台下左侧边的乐器闪耀着光芒，大大小小的喇叭和管子吹出了欢乐的曲调。

方志坚从洪永奎的身边走出来，走到台子跟前，何建芳一把把他拉上去。王树功从小铁盒子里掏出一枚奖章，挂在他的胸口上，挂在那朵大红花的旁边。

方志坚在发光的奖章上看到了毛主席。他的胸口温暖起来。

李传纬师长拨动了照相机。

方志坚望望胸口，望望毛主席的画像，在台口站了好大一会儿，才开口说话：

“我没别的话讲。反动派要挣扎，我就要它死！”

王树功递给他一张奖状。他向领袖像敬了个礼，向师、团首长敬了个礼，向台下的同志们敬了个礼。就在这时，在长长的队列的最后面，他看见了戴着狐皮帽的父亲。

方志坚跳下台，向连长讲了两句话，从乐队面前绕到柳树背后，从人丛中侧身挤过去，挤到靠在围墙上的方永春身边。

方永春一把拖过他的儿子，死盯着他胸口上的毛泽东奖章，半晌才说：

“咱方家家门有幸，出了你这头龙驹。孩子，要永远跟上毛主席走！”

方志坚摸弄着他爹的腰带，一时说不出话。方永春的眼睛移到儿子的脸上，吃惊了。

“你脸上怎么了？”

他一直被儿子胸前的亮闪闪的奖章吸引住，在先竟没有注意到儿子脸上那两块伤疤。

“美国手榴弹炸的。”方志坚的语气转成了轻蔑，“不算什么，好比给跳蚤咬了几口。”

方永春轻轻按了按儿子的伤疤说：

“痛不痛？”

“跳蚤咬了一个多月还痛？”

做父亲的宽心了，谈起自己：

“打完四平，我们民夫大队也总结工作，评功，开庆功大会。早打听到你们这个团在这儿驻了，就是抽不开身。这回我们的大队凯旋，昨天在离这二十里地外宿营。我请了个假，鸡叫五更就跑来了，正赶上你上台领奖。没有白跑呵！”

领奖的人一个接一个上台，父子俩的谈话常常给鼓掌声打断。方永春忽然揉了揉眼睛，指着台上说：

“这上去的不是方世兴？”

“他立了两大功。”

“嗄！你们的部队真会点化人，把石头都点化成活狮子了。听他讲些啥。”

奖给方世兴的勇敢奖章挂在他的胸前。他稳实地站在台上，两眼望着前面，枣红脸像朱漆似的发光。他动着阔嘴，却说不出话来。方志坚明白他这时的心情：头有点昏，心发胀，眼前雾腾腾的，有许多话要说却找不着头，每句话都想抢先奔出喉咙口，因此惹得喉咙发痒，想喝一杯冷水。是的，方世兴是有这些感觉，不过还翻滚着一种复杂的感情。好像一个人绕了一大段弯路，转到铺满阳光的大道上。但他不满意自己的走法，他可以更早一点走到这条大道上来的。而且就连这条大道上的阳光他还嫌不够强，前面闪着更强烈的光辉，他还得继续往前走。要不是走了那一段弯路，现在兴许到了那个地方。可是那段弯路恰恰是自己走进去的。打个比喻来说，方世兴此刻的心情就是这种样子。

方世兴到底说话了：

“反动派在一天，我就不放下我的大枪。有它没我，有我没它！”

“这孽畜，说话也干脆起来了。”方永春赞赏地说，鼓起掌。

方世兴在台上也瞅见他的二叔了，跳下台挤过去。方永春远远望去，见他那身军衣显得窄小了些，胳膊一张，肩缝处就涨满了。待他挤到墙跟前，方永春抓住他的胳膊，喜笑满面地说：

“活狮子，还想回家不？”

方世兴把头摇得像筛糠一样：

“眼前还有一个敌人咱就不回家。”说着把奖状交给二叔。

方永春打开奖状，竖着横着看了好一阵，小心地把它卷好。只听方世兴说：

“把这交给二弟。过哈尔滨时也给我老丈人看看。我对得起四海他娘了。”

“抓着白无常父子俩了？”方永春惊喜地问。

“抓是没抓着，迟早跑不了。打垮了反动派，看他们往哪儿躲？”随后劈手夺下方志坚手里的那份奖状，卷了卷递给二叔：“这一份别让折了角。这次咱们全团就他一个人得着这份光荣。”

方永春小心地把两张奖状卷在一块。

“都放心，一个角都折不了。全屯的人就盼着这个呢。政府优待咱们方家窝棚的军属，看来没优待错。”

带着红花的人川流不息地登到台上。凡是方志坚认识的功臣，就向他爹作着简单的介绍。方永春不住点头，望着一个个跟他儿子一样壮实的年轻人，乐得拍红了掌心。

苏广安也跳上台去，他在台口上来回转了转，捏着拳头高喊：

“同志们把我也评上了，可我觉着打得还不够劲儿。同志们，下次战斗中看！”

“对！下次战斗中看！”台下有人高喊。台上台下的情绪胶在一块。

洒在身上的阳光暖热起来。方永春抬头一望，天上一片青，一丝云彩也没有。屯里的人一准都在翻地下种了，得赶紧回去宣扬宣扬，前方打得不错，后方不能落后。这时方世兴用胳膊撞了他一下：

“二叔，听！”

他听见台上传来的声音：

“……第二连集体记一大功，奖‘战斗模范连’锦旗一面。”

一个高个子一跳上台，方永春欢叫起来：

“老洪！胡子都剃光了,多年轻!”

随后又有几个连长、排长代表本连、本排领了奖旗,一面面鲜红的锦旗撩花了眼睛。每一个从枪林弹雨里战斗过来的人都深切地感觉到:这不是简单的一块绸缎,不是简单的几个字,它渗透着全体战友的精力和智慧,爱和恨,无边的英雄气概。这是赤诚的忠心和鲜血换来的荣誉！在他们面前,显现一张张牺牲了的战友们的刀刻一般的面孔,也展开了光辉灿烂的胜利远景。

政治委员何建芳站到台口上,在勉励全体功臣要在未来战斗中功上加功之后,引领全场喊出了他们此刻想喊的话:练好本领!彻底消灭反动派!

队伍一齐站立起来,方世兴向二叔说了要带的口信,挤回自己的队列。

方志坚父子俩被人流一卷卷到街上。

二连整队出来。队伍由值星排长李进山带着向街东头走去。洪永奎和戈华一齐向方永春伸出手来。

洪永奎跟客人谈了一阵,扯着客人要走。方永春挣脱手说:

“我要回去了!”

“战役结束了,你还急什么。”戈华又一把钳住他的手。

“我这回本心是想住两天,可是由不得我。我们民夫大队也是个部队,请了假不按时回去不就犯了纪律?”

戈华的手松开了。

“再说,屯里的乡亲也在等着前方的消息呐。还有这个!”方永春把手里的奖状一扬,一手抓住洪永奎的胳膊说:

“老洪,我没有白托给你。经你一管教,这两个光会捏锄头的野孩子成个人样了。”

洪永奎惶恐起来,连声说:

“这全靠党的培养!”

方永春把洪永奎拉到一边,像谈私情话似的说:

“我计划今年再多打三石粮食，跟你们前方比赛比赛。”

“好呵，咱们明年这个时候再见。”

“明年这个时候怕见不到了。”方永春满腹心事地说，“这一年你们就前进了一两千里地。明年嘛，怕要到，要到长江边边上才能找上你们。”

洪永奎放声大笑起来。

“要记住你今天向大伙讲的话啊！”方永春对儿子说出最后一句话，径自向街西头走去。从那里往北，就是通郑家屯的大道。

方志坚英武地向连长、指导员敬了个礼，飞步追赶队伍去了。

洪永奎待方永春往北拐了弯，这才转过身来。队伍已经走出二三百米，一式的步枪在阳光中闪烁，从手臂的挥动看来，他们走得很整齐。他指一指队伍说：

“你看，这等于抗日战争时代两个连呢！”

“他们的进步，家属的希望，全连的荣誉，都是老沉的担子啊！”戈华指导员深沉地说，“要做一个毛主席的好战士，咱们还得好好学习。”

他们两个并排走起来，起初跨着平常的步子，一会儿变成大步，一会儿又变成跑步。那面鲜红的新的锦旗在洪永奎的肋下飘动。街道尽了，出现广阔的田野。农民们正在犁地、播种，高唱着《月牙五更》小调。两个人吸着新鲜的土地气息，脚步落得更快。一会儿就赶上队伍，跑到队伍的头前。

在他们后面，长长的成双行的队伍，也跟着飞跑起来。步枪和刺刀的轻微拍击声和着有节奏的脚步声，组成了健壮的动人的音乐。

一九五〇年三月初稿于汉口

一九五四年七月完稿于北京